大展好書　好書大展
品嘗好書　冠群可期

大展好書　好書大展
品嘗好書　冠群可期

心靈雅集 83

《水滸傳》與佛道

劉欣如 著

大展出版社有限公司

前言

驀然回首來時路，不禁感慨萬千。期間有段童年往事影響我一輩子，至今仍留下極深刻的回憶。

我讀小學六年級時，父親蒙一位親戚介紹工作，特地從新竹縣鄉下搬到新竹市南門區近郊，於是我便來新竹市完成最後一年學業。次年考上初中，說來湊巧，鄰座一位大陸籍劉同學，某日放學時，突然遞給我一本《水滸傳》，封面印有一個漢子毆打老虎的彩色圖片，但書的紙張很粗糙，字體也很小，以前我從未接觸過這種傳統小說，當天回家後打開閱讀。這一讀，竟然讀出樂趣來，雖然書中仍有若干字不認識，但每一章節內容卻完全看得懂，而且被那些廝殺胡鬧的情節深深地吸引住，越讀越有趣，簡直到了如醉如癡、不忍釋手的地步。

從那以後，養成了我長期愛讀課外書的習慣。說來慚愧，這個習慣一直持續到高中畢業，期間始終把「看小說放第一，學校功課擺第二」的求學態度。

我上了大學便半工半讀，忙於學業和兼差，才不得不把看小說的習慣停掉。離開學校步入社會，直到結婚成家，事業上的操勞、生活上的奔波，當然也不可能抽空看小說。

這樣一年過一年，十年又十年，轉眼間兒女長大成人，總算放下家庭重擔，生活悠閒之餘，昔日愛讀的幾本中國傳統小說，包括《水滸傳》在內，自然又成了我的床頭書。

不過，每次翻閱時，關注和欣賞角度不一樣，我不再那麼熱衷閱讀打殺熱鬧的情節，反而以成熟的人生經驗，冷靜思考人性的美醜善惡，分析各人的喜怒哀樂，尤其信奉佛教後，懂得以三世因果的高度，檢驗世間眾生的因緣果報、生老病死等無常變化，這樣讀法的轉變，以前根本不曾料到，反而覺得這比當年只愛讀打殺胡鬧的心態更正確、更有意義。

依世間法說，佛教最大的特點是重視智慧，凡事有輕重緩急，不能魯莽反常，除了極少數人外，梁山泊的好漢們幾乎都是不學無術，殺人不眨眼到了肆無忌憚，三毒之火燃燒猛烈，只知打家劫舍，而不事生產，靠這樣養活好幾千個小嘍囉，這不是正常的謀生方式，也違背「上天好生之德」的古訓，又怎能替天行道、替百姓伸張正義呢？

依出世間法說，替天行道的口號很世俗又粗淺，須知天道或天人仍在迷界中，天人福報享完仍要續受業報輪迴之苦，而不能究竟解脫，遠遜於菩薩道的慈悲度眾，出離輪迴，依佛道的高度看，梁山泊好漢們還是先從身口意的自修開始，再談齊家治國比較妥當和務實。

雖然本書不是學術著作，但每章都有佛經和大德高僧的法語助緣，充其量是充滿趣味與可讀性讀物，一味欣賞文學的讀者們，讀完本書後或許能意外領略若干法喜，豈非一舉兩得嗎？

劉欣如 序

於竹東寒舍

《水滸傳》與佛道

目錄

第二章　心亡罪滅兩俱空　是則名為真懺悔

第一章　罪業本空由心造　心若滅時罪亦亡

一、地下無相諸有情　惡業苦果照樣受

【摘要】

書中說梁山泊一百零八名好漢，原來其中有三十六員天罡星，七十二座地煞星，一直被鎮壓在地下一個石碣中，後來因緣際會被洪太尉將它從地穴中放出來，只見一道黑氣沖到半天裡，同時空中散作百十道金光望四面八方去……後來紛紛出生到人間。（第一回）

【佛法解說】

他們是六道的有情眾生之一，早在多生累世的某一生，曾因身、口、意造了極大惡業，才會墮落地獄承受苦果業報，如《地藏菩薩本願經》說：

「若有眾生出佛身血、毀謗三寶、不敬尊經，亦當墮於無間地獄，千萬億劫，求出無期。若有眾生侵損常住、玷污僧尼，或伽藍內恣行淫欲，或殺或害，如是等輩，當墮無間地獄，千萬億劫，求出無期。若有眾生，偽作沙門，心非沙門，破用常住，欺誑白衣，違背戒律，種種造惡，如是等輩，當墮無間地獄，千萬億劫，求出無期。若有眾生，偷竊常住財物、穀米、飲食、衣服，乃至一物不與取者，當墮無間地獄，千萬億劫，求出無期。」

《增一阿含經》說得更詳細明白，大意是：

提婆達多在十隻手指甲裡暗藏毒藥，吩咐徒眾說：「你們隨我去找那個沙門。」當時，一群弟子跟著他來找釋尊，企圖接近釋尊身邊，便於下毒手。

阿難遠遠看見提婆達多率領一群徒眾走來，轉頭問釋尊：「提婆達多一定心中懊悔，才會來懺悔昔日的罪過。」

釋尊告訴阿難說：「這個壞蛋恐怕到死也無法接近佛身邊，因為他今天會沒命了。」

果然，快要走近釋尊的提婆達多，雙腳著地的瞬間出了意外——他一面被地獄的業火燒身、一面活活地掉進無間地獄，在最後一瞬間，他心裡才起懊悔，想要皈依我佛，但只唱我「南無」而已。

又《阿含經》也有一則故事，大意是：

某日，大目犍連尊者與勒叉那尊者一起下山，半路上遇見幾隻狀況悲慘的惡魔。回到精舍後，大目犍連尊者當著佛陀的面，告訴勒叉那尊者，說他親眼目睹五個受苦的惡魔，身體被火炙燒著。

佛陀也說：「在上一尊佛時，這五個惡魔都是出家比丘，但對修行不感興趣，而犯下眾多罪行，也因此他們在地獄受苦。今生他們也變成受苦的惡魔，來償還他們的餘罪。」

請一同恭讀《法句經》以下偈語：

（一）說妄語的人墮地獄，造作惡業卻說「我沒有作」的人，會下地獄。這兩種人來世同樣受地獄苦。（三〇六）

（二）雖然身披黃色袈裟，卻造作惡業，又不能調御身口意的人，終究會因造作的惡業而墮入地獄。（三〇七）

（三）放逸、邪淫他人妻子的人必會遭受四種報應：獲罪（造作惡業）、不得安眠、受人譴責、墮落地獄。（三〇九）

（四）邪淫不僅造作惡業，也會墮落地獄。（三一〇）

（五）譬如邊境城市，內外都受到防護，人也應當如此護衛自己，不可糟蹋機會，糟蹋的人墮入地獄受苦。（三一五）

（六）對不該羞恥的感到羞恥，該羞恥的事卻不知羞恥，懷有此等邪見的人，墮落地獄。（三一六）

（七）對不應恐怖的事心懷恐怖，該恐怖的事卻不知恐怖，懷有此等邪見的人，墮落地獄。（三一七）

（八）邪見視為正見，正見視為邪見，懷有此種邪見的人，墮落地獄。（三一八）

那麼，地獄到底是怎樣的境界呢？印順導師在《成佛之道》中有以下概括的解說：大地獄極熱，近邊遍遊歷，八寒及孤獨，是諸苦中之極。

先說地獄趣苦。地獄，梵語捺洛迦，是苦處的意思。地獄分四類，共為十八地獄。

壹、主要而根本的，是「八大地獄」

由於猛火的燒然，受著「極熱」的苦迫，所以也叫八熱地獄。依經論說：八大地獄，在此地層底下；地球中心，確是充滿烈火的。如有時火山裂口，就會噴出火來。佛經與基督教的舊約，都有大地裂開，陷身地獄的記載，所以八熱地獄，決在地下——地球中心無疑。有人懷疑：這樣的火熱，怎會有生命存在呢？不知道，眾生業力不可思議！有的入水而死，有的卻要在水裡才能生活。有的埋在土裡會死，有的一直生長在土裡。眾生不可思議，切勿專憑自己的生理情形去推想一切。八大地獄是：等活，黑繩，眾合，號叫，大號叫，炎熱，極熱，無間。這些地獄，有二種特點：

一、都受著猛火的焚燒，及為烈火燒熱了銅鐵（近於岩漿）所迫害。鐵地，鐵室，鐵鏉，鐵槽，鐵山，鐵繩，鐵刀，鐵鍱，鐵椎，鐵串，鐵炭，鐵釘，鐵鉗，鐵丸，這些火熱的銅鐵，種種的方式來苦迫罪人。

二、身體又大，壽命又長（無間地獄壽長一中劫），所以地獄的最苦痛事，不是求生不得，而是求死不能，在業力沒有盡以前，怎麼也死不了，燒成灰也要活轉來。地心深處的無間（梵語阿鼻）地獄，猛火燒燃，苦痛的迫身，連一絲毫的間斷都沒有，這是罪大惡極的受報處。

貳、「近邊地獄」——也叫遊增地獄

這在八大地獄的附近邊緣，是熱地獄的流類。每大地獄，都有四門；從每門出來，又都有同樣的四種地獄。這樣，每一地獄有四門，每門有四地獄，就共有十六地獄；八大地獄都如此，就總有一百二十八地獄。八大地獄的眾生，受苦完了，從每一門出來，就又必然的周「遍遊歷」這四地獄，從一處到一處，增受苦迫，所以也叫做遊增。

四地獄是：一、煻煨，這是火熱的灰坑。二、屍糞，這是糞泥坑，坑中有類似糞蛆的利觜蟲。三、鋒刃，這又有三處：（一）刀刃路；（二）劍葉林，這裡有惡狗；（三）鐵刺林，這裡有鐵觜的大鳥——這三處，同受刀箭的苦害。（四）無極河，這是沸熱的灰水，落在裡面，如油鑊中煎豆一樣。

參、「八寒地獄」

或說從八大地獄——地球中心橫去到外邊；或說在鐵圍山的那邊。鐵圍山，為這一世界——地球的邊緣，據說是日月所不易照到，寒冷無比。所以推斷寒地獄在南北極，大概是不會錯的。八寒地獄是：皰，皰裂；嚇哳吒，郝郝凡，虎虎凡（**這三處，依寒冷的呼號聲得名**）；青蓮，紅蓮，大紅蓮（**這三處，依膚色及破裂情形得名**）。壽命也極長，所以也苦痛不堪。如說：「無比嚴寒侵骨力，遍身戰慄而縮屈，百皰起裂生諸蟲，嚼抓脂髓水淋滴，寒迫齒戰毛髮豎，眼耳喉等悉寒逼，身心中間極蒙蔽，住寒地獄苦最極。」

肆、「孤獨地獄」

這可說是人間地獄，或在深山，或在海島，或在曠野，或在深林，到處都有。這不是眾多和集一處，而是少數，或一或二的眾生，由於個別的業力，感到這地獄一般的苦報，所以叫孤獨。

最近報載：臺灣某處，有一父親虐待他的生女，關閉在無空氣無陽光的暗室中，食不能飽，衣不蔽寒，整整的十五年，還是小孩的樣子（發育不良）。不但面無血色，皮膚浮腫，簡直不像人樣。眾生的業力不可思議！在這光天化日，繁榮鬧熱的所在，會有身受這樣苦報的人存在！這該是近於孤獨地獄的了。

這四類十八地獄，「是諸」受「苦」的一切眾生「中」，最「極」苦痛的地方。在沒有解脫生死以前，人人有此墮落的可能性，應該生大怖畏，勿作惡業。

二、伺機報復非君子　因緣幻化一場空

【摘要】

高俅原是個東京幫閒的流浪漢，以前曾學使棒，被王進的父親一棒打翻，三、四個月臥床起不來，有了那次怨恨，如今高俅因緣際會發跡了，做了殿帥府太尉，正待伺機要報仇，於是他揀選吉日良辰去殿帥府上任。所有一應合屬公吏、衙將、都軍、監軍、馬步人等，盡來參拜，各呈手本……高殿帥一一點過，於內只欠一名八十萬禁軍教頭王進，半月之前，已有病狀在官，患病未痊，不曾

入衙門管事。高殿帥大怒，命人快去叫他來……王進深知這位高太尉的來歷，不敢與他爭，內心萬分懊惱。（第二回）

【佛法解說】

人類有六種感覺器官（眼耳鼻舌身意），有生之年，為了生存競爭，這些感官無不竭力向六種應對的六種境界（色聲香味觸法）攀緣。然而，這六境猶如塵埃能夠污染人的情識，使人產生喜怒哀樂、愛憎情仇；而不明佛理的人，昧於空的智慧，不懂因緣無常的真理，一旦面對逆境，遭遇不如意的人情與事物時，就長期耿耿於懷，總想將來有一天要伺機雪恥報復。須知那些往事情仇都是緣起緣滅、虛幻無常的現象，如果內心放不下、想不開，日子肯定不能自在、生活無法逍遙，這樣又何苦呢？

高俅是個奸佞之徒，因緣際會當了太尉，小人得志、作威作福之餘，更想找藉口公報私仇，不想放過盡忠職守的王進，非要整肅他不可，雖然王進始終奉公守法，但他卻明白頂頭上司的惡毒心態，所謂「不怕官、只怕管」，將來自己肯定日子不好過，於是王進選擇「三十六計，走為上策」，趁著天色未明偕同寡母一起出城逃避了。

誠然，高俅和王進是兩種截然不同的人格特質，為人處世的態度也差異懸殊；套句俗話說，即是奸詐與厚道的兩種寫照。從三世因果的高度看，兩人今生不期在京城邂逅，自然有其不尋常的宿世因緣，往事已矣，不必贅述，而今各人的起心動念，一舉一動都必須因果自負，別人無法替代。

《佛光菜根譚》下篇佳作──「忠厚與奸佞」，值得恭讀玩味。

忠厚不易偽裝，忠厚最好的考驗是時間；
奸佞也非本具，奸佞最好的考驗是利害。

──《佛光菜根譚》

【提要】

《愣嚴經》說：「因地不正，果遭迂曲。」自古以來，有福之人往往是忠實寬厚之人。奸佞之人，也許慨嘆自己用盡心思，為何始終無法如願以償，殊不知自己的心念不正，所言、所行不如法，以至於果報還自受。

多少歷史人物可做為我們的借鏡，告誡我們為人應以忠厚為本，忠厚之人心正、行正，自然善果日增；奸佞之人，心惡、行惡，日久終遭惡報。

若想擁有美好的人生，光明的未來，唯有自我要求，寧做吃虧的忠厚之士，勿當違非的奸佞之人。

【正文】

中國人一向以忠厚為美德。忠厚之人不貪求、不自私、不損人利己、見利忘義。因此，能夠深受他人的愛戴。反之，奸邪諂媚、花言巧語騙人於一時，不能永遠得逞，所以一個人要想成功，必須忠實寬厚。

忠厚與奸佞是人性不同的對比。忠厚的人眼前看似吃虧，但時間會證明一切；奸佞的人眼前看似得利，最終必為人所唾棄。人際往來中，大家都喜歡和忠厚的人相處，而害怕與奸佞的人交往。如何知道一個人是忠厚或是奸佞呢？「時間」的考驗和面對「利害」關係時，就能知道一個人的品德。

忠厚的人，待人厚道，心胸寬大，寧可自己吃虧，也不願意占人便宜；忠厚的人不容易偽裝，因為當「義」與「利」相衝突時，忠厚者會選擇「義」，所謂「路遙知馬力，日久見人心」，時間是考驗人心的利器。

而奸佞的人即便要假裝忠厚也不容易做到，因為奸佞者最注重的是自己的私利。《論語・里仁篇》云：「君子喻於義，小人喻於利。」奸佞的人就是小人，為什麼大家會怕小人？因為在有利害關係的時候，奸佞的人會不惜傷害別人，把他人踩在腳下，自己往上爬。

觀古往今來的歷史，許多忠厚之士輕利重義，像唐朝名將尉遲敬德，由於打仗屢次獲勝，立下功勳而被唐太宗封為「鄂國公」。唐太宗曾想將自己的女兒許配給他，但尉遲敬德不因富貴而變更妻室，婚姻雖未談成，卻更深獲唐太宗的賞識。後來尉遲敬德的後世子孫代代富貴昌盛，忠厚之士、重義之人所得善報必能恩澤後代。古人對自身操守的嚴謹與情誼的敦厚，更是現代人學習的典範。

人要當忠厚或是奸佞的人，就看個人的選擇，如孟子選擇「捨生而取義」；東晉大將桓溫則認為，大丈夫處世，不能流芳百世，必當遺臭萬年。不管如何選擇，我們應當切記「因果」是不會辜負人的。

【延伸閱讀】

（一）以真誠心對治虛假心，以忠義心對治奸邪心，以仁愛心對治殘暴心，以歡喜心對治憤怒心。

（二）智者，不以諂媚之言惑人，亦不為諂媚之言所動；愚者，不以正直之言教人，亦不為正直之言所化。

除非徹底領悟空的智慧，否則人生一輩子不如意事，十有八、九，真正順境愉快的日子不太多，故一直長吁短嘆！幸遇順境不必得意忘形，碰到逆境亦無須失落氣餒，順逆兩境全屬緣起緣滅，剎那千變，不會長久，尤其碰到逆境不必呼天喊地，怪東怪西。如下則《星雲說偈》——「不要怨尤」，堪稱一副最好的解藥，慢慢咀嚼，便可除病受益。

榮辱慎動，是非勿詢；
時常責己，切勿尤人。

——《緇門警訓》

人的一生當中，難免會經歷榮辱窮通，吉凶禍福。時運來了，固然能享有聲名權勢；時運不濟時，難免也會遭逢一些傷害屈辱。然而「塞翁失馬，焉知非福」，得失之間，不能說有還是無，更不能用好、壞來論斷。

一位老翁不小心丟失一匹心愛的馬，心中非常懊惱。幾天後，這匹馬又帶著另一匹駿馬回家，老翁因失馬而得馬，認為這是個喜訊，心中十分歡喜。然而好景不常，老翁的兒子在騎馬時，不小心被摔下馬背，一時之間負傷在床，無法工作，老翁頓時又覺得這匹馬是個禍害。

正當他為此怏怏不樂，忽然接到：由於國家戰爭，必須徵召壯丁到前線打仗的消息，他的兒子因受傷不良於行，終免於上戰場赴命。

春秋時代的思想家老子說：「福兮禍之所倚，禍兮福之所伏。」這個故事，正印證了禍福之間本是相互依存，並非絕對。所以「榮辱慎動」，在禍福、榮辱之前，最有智慧的方法就是冷靜以待，不要妄動。

「是非勿詢」，遇到善惡是非，在不瞭解全面的狀況下，就別去多管閒事。一個人不說是非，就不會招惹是非；不傳是非，自然也不會有是非上門。不怕是非，則心中坦蕩；即使有是非，是非也奈何不了你。社會上的紛爭，經常是「公說公有理，婆說婆有理」，毋須多問多管，是非自然會終止於有智慧的人。

「時常責己，切勿尤人」，人往往習慣於看他人的缺失，責備他人，卻不知反省、責備自己；歡喜原諒自己，卻吝於原諒他人。所以古德修養身心，常以「責人之心責己，恕己之心恕人」來策勵自己。

「切勿尤人」，人往往遭逢不如意就怨天尤人，卻不知世間一切都有其因緣果報，必須自我反省、自我擔當。若能時時反觀自照，修正自己的不足，才容易破除自己的盲點，獲得成功人生。

《緇門警訓》的這四句偈子，對我們的修身養德，是非常重要的。

三、強中更有強中手　能人背後有能人

【摘要】

武藝高強的教頭王進，生性孝順，和睦和謙卑，但他不巴結貪官汙吏，故他被害後偕同母親外逃出京，路上幸蒙史家莊莊主收留住宿。次日看見莊主獨生子史進使棒有破綻，史進年輕氣盛、自以為是，硬要與王進比武，王進推辭再三，之後勉強上陣比武，輕易擊倒史進，始令史進心服口服之餘，拜王進為師，讓王進也得以繼續住下來。（第二回）

【佛法解說】

謙虛是美德，真正飽學之士，或武林高手，必知學無止境，而精進不已，故說滿桶水不會響，半桶水叮噹響，如史進之輩，可悲復愚蠢，完全昧於「人外有人、天外有天」的古訓。

近代高僧印光大師是位非常謙卑的老和尚，從二十六歲起便到資福寺專修淨宗法門，長達四年，自稱「繼廬行者」。期間幾乎看遍該寺珍藏的每一部經書，雖是受到很多人尊敬的青年法師，但他始終戒慎恐懼，時時提醒自己只是個學習

者，還得向許多有智慧的眾生學習。接著前往北京龍泉寺任「行堂」，那是負責替眾僧打飯、端菜的職務，以他當時的學養，資歷和輩分是不該做這種工作，但他甘之如飴。

三十二歲到浙江普陀山擔任法雨寺藏經樓的「首座和尚」，管理全寺的藏經，這樣埋首於經藏中大約五年，某日大師在寺裡開講《彌陀便蒙鈔》，結果引起很大回響，有欲罷不能之勢，但他自認學識不足，所知有限，便在寺旁一間小房舍裡閉關修行，謝絕一切邀約和打擾，這樣閉關六年，前後在法雨寺住了二十多年，才去上海太平寺。

那時大師的名氣很大，整天都有信徒到寺來參訪和請益。期間，有位高居士仰慕大師的盛德，專程來拜會，並要求大師發表文章，因大師常自稱「常慚愧僧」，故用「常慚」為筆名發表了，不久很快掀起熱烈的研讀風氣。又過了六年，有位徐居士說服了大師，獲得大師二十多篇文章，以《印光大師文鈔》為名出版，全國佛教徒始知「常慚」原來就是印光大師。

之後，大師的文章陸續由商務印書館、揚州藏經院、中華書局等印行全國，風靡一時，佛教徒紛紛讚歎：「這是三百年來罕見的佳作。」使大師的法語普及中國，春風化雨。民國十九年，大師把歷年留下幾百種著作出版，和幾萬冊經典全部贈給明道法師，在上海成立「弘化社」，每天人來人往，這裡成了當年最重要的佛書集散與流通中心。

大師曾多次閉關，期間曾精心閱覽《淨土十要》，仔細評註，之後又增編《淨土五經》，成為淨土宗承先啟後的重要經典。後人一直尊印光大師為淨土宗第十三代祖，以他對佛教的貢獻，堪稱當之無愧。

民國十一年北洋總統徐世昌頒「悟徹圓明」匾額給大師，隆重地派專人送到普陀山上，表彰大師的德行。不料，大隊人馬上山去，大師卻避而不見，大眾只好留下匾額，過了許多年，連匾額的下落都無人知曉了。

有人問起此事，只聽大師說：「什麼叫悟徹圓明呀？我悟了半輩子，都還沒有悟出什麼？那還敢說達到『圓明』的境界？他們真正瞎造謠言，送我那樣匾額，不過增加我的慚愧罷了。」

總之，印光大師出家整整六十年，雖然修持道風聞名全國，但見他仍然謙虛自稱「常慚愧僧」，終其一生提倡念佛法門、謙沖自牧，成為民初四大高僧之一。

新井石禪師說：「凡是不先以己欲為重，而全身全心委於道者，稱為虛心之人，佛教裡稱做無我，不能真正虛心，便不能彰顯實德。智、仁、勇乃是重要的實德標準。第三說讓德，讓是恭儉謙讓，克制傲慢心，善養讓他的功德。世間一切事都非自己一人力量能夠完成，故不能忘記眾生之恩德……凡事要觀察原由，不可自貴賤他，應時時感念他人恩惠、上下和睦、彼此互助，無論勞資、主從、買賣雙方、將官士卒，自然相敬相愛，發揮謙讓的美德。反之，驕慢心強，對人有失和睦親切之德，自阻進取發展之路，招致失敗墮落的結果。有謙讓之德者，對事物謹慎、節制、儉約、禮貌，容易受人尊敬，事業必能成功。」

最後，請一同咀嚼《佛光菜根譚》下篇佳作「謙虛」。

自大的人，為自己的無知築起高牆；
謙虛的人，為自己的探索敞開門窗。

——《佛光菜根譚》

【提要】

我們和人相處，最重要的是讓對方接受我們的誠意。為了表達自己的誠意，就要懂得「謙虛」；貢高我慢，即使真有所長，也會讓人敬而遠之。一個人能謙虛待人處事，即使是平庸之輩，也會讓人樂於親近。謙虛的人，就像稻穗，愈成熟，愈是垂首低頭。我們可以在語言上表現謙虛，在態度上展現親切，讓人感受到你的誠意而接受你、感謝你。如此，謙虛自能打開人我的門限。

在社會的人際網絡中，與人相處，謙虛很重要。有人說宇宙只有五呎高，而人類六呎之軀，想要在這五呎高的宇宙中生活，必須得低下頭才行。

佛光山有一處大人、小孩都喜歡去的「淨土洞窟」，它的入口很矮，想要進去參觀必須低頭才能進入，這象徵著進入阿彌陀佛的極樂世界，謙虛恭敬是第一道入門的關口。

與人相處，謙虛的人才能獲得人緣，相信沒有人會喜歡驕傲自滿的人。《荀子・宥坐篇》記載：

孔子參觀魯桓公的宗廟，看到了一個欹器，就問守廟的人道：「這是什麼器皿呢？」守廟的人回答說：「這是宥坐之器，是君王放在座位右邊用來警惕自己的器物。」孔子說：「我聽說這種宥坐之器，沒有裝水時就會傾斜，水裝得剛剛好時會端正站立，如果注滿水則會翻倒。」說著，孔子對他的弟子們說：「倒水進去試試看吧！」弟子們就提水倒入欹器中，果然，水裝得適中時，欹器就端正而立，水滿後就翻覆了。

此時孔子長嘆了一聲說：「世上哪有滿而不傾覆的事物呢？」

欹器的道理反映出佛門「中道」的思想，如同謙虛不是自卑，更不是虛偽，是待人處世一種不卑不亢的態度，不驕傲自大，也不對人諂媚卑屈。

曾獲諾貝爾文學獎的英國劇作家蕭伯納，一次到莫斯科旅遊，在街上遇到了一個聰慧活潑的小女生，兩個人很投緣，不知不覺在街頭聊了很久，臨別時，蕭伯納對小女生說：「回去後跟你媽媽說，今天在街上遇到名人蕭伯納，還和他聊天聊了很久。」

小女孩看了蕭伯納一眼後，也說：「回去跟你媽媽說，今天在街上和漂亮的蘇聯小美女聊天聊了很久。」

小女孩的回答讓蕭伯納大吃一驚，意識到自己不知不覺中流露的驕傲自滿，於是他心有所感地說，一個人不管有多大的成就和地位，對任何人都要平等謙虛的對待。

故事中的小女孩，在面對鼎鼎有名的大人物時，不因自己只是一個默默無聞的小孩而顯得卑怯，展現不卑不亢的泱泱大度，真是令人激賞。

【延伸閱讀】

（一）萬事成於謙虛，敗於驕矜；做人要懂得虛懷，如大地之謙卑，才能承載萬物，成就萬事。

（二）人若自大，其實正顯示自己的無知；人能謙虛，其實正表示自己的無求。

（三）虛心求教，別人必然樂於指導；因此，在謙虛中可以得到人緣，得到友誼，得到幫助。

（四）學問使人謙虛，無知使人驕傲；虛心使人高貴，自負使人膚淺。

四、欺人太甚終有報　路見不平者相助

【摘要】

（一）某日，魯達在酒店乍聽一個姓金的年輕弱女哀傷哭泣，探詢之後，始知她被一個惡棍名叫鄭屠，號稱鎮關西，以殺豬為業，手腳功夫了得……他硬要金姓弱女為妾，寫了三千貫文書，虛錢實契，把她搶進門後不久，被他元配趕出來。不料，鄭屠硬要追回原典身錢三千貫，她的老父懦弱，和他爭執不得，於是

弱女子被迫到酒店來唱小曲兒賺錢還債，對方每天以粗暴態度來向她父女倆威嚇侮辱……最後被魯達殺了。（第三回）

（二）快活林地方有一家酒肉店，主人名叫施恩，營業額不錯。誰知近日來了個暴徒，號稱蔣門神，有好本事，又使得好鎗棒，拳腳功夫亦了得……。於是他前來強占施恩的酒肉店，施恩只好忍痛退讓，如今幸運結識了武松，武松聽了怒不可遏，便毅然上門去替他討公道……終於被武松收拾了。（第廿九回）

【佛法解說】

兩文主旨相同，就是以強欺弱、霸凌不講理，這完全違反佛道的慈悲作風，昧於因果報應的真理。不論從世間法與出世法的角度看，這種作為日後下場必定不樂觀。今引《星雲說偈》——「欺為惡本」為證。

欺為眾惡本，自絕善行業；
常為眾所疑，妄言何益人。

——《佛說須賴經》

什麼是一切惡事罪業的根源呢？妄言欺騙。

比方兩個人金錢往來，一個人欺騙對方，讓對方在金錢上受了損失；談戀愛了，以花言巧語欺騙對方的愛情；兩個人共創事業，一方說了不實在的話，讓對方吃虧上當。這些欺騙的言行，往往造成他人財產、自尊乃至生命的傷害，因此世間上的罪惡，都是從欺騙而來，妄語為一切眾惡的根本。

有的人為了圖謀私利做偽證，有的仿冒商品，有的人偽造文書，有的從事各種詐欺，有的人造謠生事，毀謗別人的名譽，總之，以欺騙來做人處事，這些奸巧不實的行為，終會為自己造下無邊的罪業。

所以「欺為眾惡本，自絕善行業」，凡事以欺騙為手段的人，一定無法得到別人的信任；以欺騙為能事的人，等於「自絕善行業」，會為自己帶來很多的麻煩。例如，以欺騙為習慣的人，一旦被人看穿了，大家會在背後對他指指點點，不願再和他往來。好比你給人欺騙，上了一次當，第二次他再說什麼，你會再相信他嗎？

過去有一個小孩為了好玩，就在大家忙碌的時候大叫「狼來了！狼來了！」大人們信以為真，於是趕快來救他。說謊的小孩看到大家在逃跑，就大聲取笑。等到狼真的來了，他再喊叫，也不會有人相信了。

妄言欺騙的人，光是說些虛妄的話，對別人沒有實質的幫助，自己的信用也會破產，終究會自食惡果。因此奉勸世間上所有人等，一切戒律都建立在「不侵犯」，對於口業的持守，我們要謹言慎行，不可妄言欺騙。

俗話說：「夜路走多會碰到鬼」，「人在做、天在看」，別以為自己硬幹，別人管不著，即使造了惡因，自己有辦法免受法律制裁，殊不知那天壞緣乍到，惡報必然降臨，而且連貫今生和來生，遠比電腦計算還準確。所以佛家說：「菩薩畏因，眾生畏果。」

如下則《星雲說偈》——「造業自受」可為佐證。

如鐵自生鏽，生已自腐蝕；
犯罪者亦爾，自業導惡趣。

——《法句經》

「善有善報，惡有惡報」，是世間必然的定律，無論是誰造業都是自作自受。這首四句偈說明了造惡就像鐵生鏽，鏽是從鐵而生，生鏽後就慢慢腐蝕了鐵，做惡事遭到惡報，也是一樣的道理。作惡者終會因自己所造的惡業而墮落惡道，就像那些鋃鐺入獄的人，多數都是因為自己造業所致。

「菩薩畏因，眾生畏果」，菩薩不輕易種惡因，因為造惡因必然會得惡果，因此菩薩畏因不畏果；眾生則畏果不畏因，等犯了過錯受報，才開始畏懼懊悔，已經為時已晚。所以，我們要學習菩薩「慎之於始」，防罪於未然，平時就要警覺自己的身口意，不隨便造業。如何不造業呢？

第一、**要律己**：儒家主張「非禮勿視，非禮勿聽，非禮勿言，非禮勿動」，這就是律己的功夫。律己，是懂得自我管理，自重自愛。佛教則以五戒、十善……種種戒律來規範自身，減少造業。

第二、**要行慈**：多行慈悲事，是一種結緣，也是積德。時時讓自己的心念向善，多行好事不但不造罪，還有功德。

第三、**要聞法**：平時要聽經聞法，才能具足正知正見，才能通達事理，增長智慧，懂得判斷什麼事當為，什麼事不當為，多聽經聞法才能悟道。

第四、**要求自在**：身心自在才能解脫。我們因為業力的束縛不得自由，受業力的牽引不得自在。只要能不受業報的束縛流轉，我們的身心就能解脫自在。

我們平時對於好壞、善惡、是非、正邪，要有智慧去分辨，就不會被惡業牽引而到惡道裡去。倘若是非不分，善惡不明，等到行惡受報時，懊悔也嫌遲了！

最後，再請一同恭讀下則《星雲說偈》——「今世因來世果」

生前太愚癡，不為今日悟；
今日如許貧，總是前生做。
今生又不修，來生還如故；
兩岸各無船，渺渺應難渡。

——唐·寒山大士

唐朝寒山大士的這首詩偈，說明了我們人有前生、有今生、還有來世。對於這三世之間的因果關係，有一首偈語說得很好：「欲知前世因，今生受者是；欲知來世果，今生做者是。」

所以，如果想要知道過去的一生當中，我們究竟做了些什麼，其實從我們現在所過的生活，就可以推知過去一生中所種的因了。

同樣地，我們想知道來生會得到什麼樣的果報，從今生所種的因，便可以決定。

因此，人之過去、現在、未來，可以說是「因中有果，果中有因」。

「生前太愚癡，不為今日悟」，是說前生太過愚癡，沒有好好的去修福修慧，所以今生就不聰明，沒有宿慧，更不能開悟。

「今日如許貧，總是前生做」，現在會如此貧窮，是因為過去沒有佈施、沒有利人，就像田地裡沒有播種，現在怎麼能有成呢？

「今生又不修，來生還如故」，我們今生不在田地裡辛勤播種，就沒有福德因緣，來生還是一樣的貧窮。

「兩岸各無船，渺渺應難渡」，如果前世今生都不努力勤修，我們的人生就會像在生死海的兩岸，都沒有得渡的船，那麼，我們怎麼樣從此岸到彼岸？怎麼樣從生死到涅槃？怎麼樣從迷妄到覺悟？怎麼樣可以了生脫死呢？

其實，佛法就是慈航，佛法可以給我們得渡，把我們從痛苦的此岸，引渡到快樂的彼岸。唐朝寒山大士的這一首詩偈，就是提醒我們，要信奉佛法，要好好修行。

五、走投無路假出家　真誠懺悔不嫌晚

【摘要】

魯達（智深）是書中頗有份量的狠角色，生性瞋心太重，武藝高強，嗜酒如命。酒後常會瞋心大發，開始闖禍，期間因逃亡而不得不進入佛門做個修行僧，

雖然披上袈裟，周遭不乏善知識？奈因他惡性難改，破戒不斷，終於被逐出寺門……。（第三回、四回、五回）

【佛法解說】

上文有兩大要點：（一）是魯達的瞋心太重，動輒瞋火上揚，便有粗暴行為。（二）是他非但不是為追求解脫修行，而是被迫進入佛門，繼而破戒不斷，執迷不悟，終身沒有懺悔，後果可想而知。

色界和無色界的有情眾生沒有此煩惱，只有欲界的生命始得。這是對違逆境界狀況和事物生起不順心，須知這是修學佛道的最大障礙，經論中的教誡屢見不鮮。《大智度論》說：「瞋恚其咎最深，三毒之中，無重此者；九十八使中，此為最堅；諸心病中，第一難治。」瞋恚心熱惱如火，故常叫它瞋恚火，佛教徒熟知「一念瞋恚火能燒盡功德林」。

今舉《阿含經》下則記載，佐證瞋恚火害死自己。

可拉是個獵人，一天早上，他和一群獵狗去打獵。路上，他遇見一位比丘正在托缽。他認為這是不祥的預兆，心裡就嘀咕著：「看見這個令人討厭的人，我今天一定不會有什麼收穫！」那一天，他真的什麼也沒獵到。

回家的路上，他又遇見那位比丘正好從城裡托缽回來。他一時憤怒難消，就放狗追咬比丘，還好這比丘跑得快，趕緊爬上樹，獵狗才咬不著他，獵人走到樹下，用弓箭頭去刺比丘的腳底，比丘異常疼痛，無法再護持袈裟，袈裟就從身上滑落，正好罩在樹下獵人的身上。

這群獵狗看見黃色的袈裟，以為比丘跌了下來，便飛快撲上去，狂肆亂咬，比丘在樹上看見這情況時，趕緊折了一截樹枝，向獵狗擲去，這群獵狗才發現它們攻擊的竟然是牠們的主人，而不是比丘，因此四處逃竄。

獵狗跑掉後，比丘就從樹上下來，卻發現獵人已經被獵狗咬死了。他心中一陣難過，不知道是否要為獵人的死負責，因為他的袈裟罩住獵人的身體才造成獵狗的攻擊。

比丘就去見佛陀澄清心中的疑惑。佛陀安慰他：「你不須為獵人的死負責，你也沒有違反道德戒律。事實上，獵人恣意傷害一位他不該傷害的人，才會得到如此悲慘的果報。」

又有下則《星雲說偈》——「瞋恚之害」，亦可作瞋心重者的當頭棒喝。

瞋為大瞑，有目無睹；

瞋為塵垢，染污淨心。
如是瞋恚，當急除滅；
毒蛇在室，不除害人。

——《坐禪三昧經》

在《坐禪三昧經》裡，有一段偈子很好：「瞋為大瞑，有目無睹；瞋為塵垢，染污淨心。如是瞋恚，當急除滅；毒蛇在室，不除害人。」這段偈頌主要是告訴我們瞋恨心的罪惡之大，會造成自己和他人的傷害。

「瞋為大瞑，有目無睹」，瞋心一起，整個人的內心世界好像都黑暗下來，即便是你有眼睛，也看不到是非、看不到真理、看不到好壞。你看，有的人脾氣一發、瞋心一起，就不顧父母長上、不顧義理人情、不顧結果好壞，甚至不管所有的一切；甚至心愛的東西都可以把它打壞，平常最重視的寶物，也可以把它毀滅，足見瞋恨心的可怕。

尤其瞋恨心一起，再好的朋友也形同陌路，道義之交的情分也會消失殆盡。因此經典裡說「瞋為大瞑，有目無睹」。

「瞋為塵垢，染污淨心」，瞋心就好像塵埃，骯髒垢穢。平日照面的鏡子，一旦累積了很多的塵垢，即便拿來使用，也照不出我們的本來面目。同樣的，桌面上有了塵垢，也不好使用；衣服有了污漬，穿在身上，既不好看，也不體面。就連臉上的表情，原本是慈祥的面孔，瞋心一起，整個表情就變得好可怕、好難看。面孔上的難看還是小事，心理上的難看，則會污染了我們清淨的本心。

因此「如是瞋恚，當即除滅」，一念瞋恨心起，當下就要趕快去除。如何才能讓自己不起瞋心呢？明代憨山大師的《醒世歌》告訴我們：「紅塵白浪兩茫茫，忍辱柔和是妙方；到處隨緣延歲月，終身安分度時光」，其中的「忍辱柔和是妙方」，指的就是對治、降伏瞋恨的方法。

「毒蛇在室，不除害人」，瞋恨心就好像毒蛇躲藏到我們的內心裡，如果不把牠去除，隨時都會去咬傷人，造成危險。

因此在日常生活中，在做人處事上，對我們危害最大的就是瞋恨心。在瞋恨的驅使下，會讓我們失去理智，甚至壞了大事，成為我們的障道因緣。唯有常行慈悲恨、忍辱，才不生瞋恨，處處祥和。

飲酒戒是所有佛教徒最基本的五戒之一，當然也包括今天的吸毒、安非他命、鴉片等在內，而酒醉誤事，失去理性，無疑是古今人盡皆知的事，但所知仍不如佛教說得周詳和透徹。

如《大智度論》下則記載：

且說釋尊住在祇園精舍的時期。有一天，釋尊對一位優婆塞暢談飲酒的害處：

「酒有三種──穀酒、果酒、藥草酒。穀酒是用五穀為原料而釀造的，果酒是由葡萄等水果釀造的，藥酒係用各種藥草，混合米或甘蔗汁造成。不論那一種酒，都會動亂人的心性，讓人肆無忌憚，亂來一陣。因為它是有害的飲料，故屬於戒律之一，俗稱不飲酒戒。

在此，不妨談談飲酒的害處，計有三十五項之多。

（一）在現世裡耗盡財產。喝醉酒時，節制輕弛。因此浪費財貨。（二）百病之門。因為喝酒而引發的疾病，多得不勝枚舉。（三）紛爭的根源。喝醉的結果，常常會跟別人發生爭論，醜態百出。（四）赤身露體，不知難為情。（五）惡名昭彰，人人批評。（六）真正的智慧被蒙蔽。（七）該得的東西得不到，已經得到的會散失。（八）口無遮言，守不住秘密。（九）本人的生計事業難以建立。（十）喝醉時屢遭失敗，清醒後會懊悔憂慮。（十一）工作效率低落。

（十二）妨礙健康。（十三）不知敬愛父親。（十四）不懂敬愛母親。（十五）想要侮辱僧眾。（十六）不尊敬婆羅門。（十七）對長輩和老人缺乏敬愛心理，因為酒醉使人精神混亂與苦悶，失去識別能力。（十八）不敬佛。（十九）不敬法。（二十）不敬僧。（二十一）想要與壞人結黨。（二十二）不肯讚歎善行者。（二十三）成了破戒者。（二十四）成了沒有慚愧心的人。（二十五）不能節制情欲。（二十六）縱情於異性之樂。（二十七）被人憎恨。（二十八）深受親友的厭惡。（二十九）多做不良行為。（三十）捨棄好行為。（三十一）有失明智長者的信用。（三十二）遠離涅槃。（三十三）形成狂暴癡態的因緣。（三十四）現世會短命，將來會下地獄。（三十五）即使再度出生為人，也難免做暴徒。

因為喝酒會伴隨以上諸種過錯，諸位切勿喝酒才好。」

佛又作偈說明如下：「酒會奪去知覺，不要使健康受害，心智會狂亂低劣，對事物的識別遲鈍。倘若慚愧心麻痺，癡心會愈來愈厲害，全身陷入愚笨裡，以至毀滅自己。喝酒的結果，無異喝了死毒，不管憤怒與笑聲，全都成了瘋狂狀態。誤了該做的大事，甚至會洩露機密，奪去功德種子，一切都毀於酒害。」

由此可見喝酒害處不少，故僧眾必須禁酒。

魯智深並非為解脫生死去出家，無異偽裝的僧人，且破戒不改，誠如《大寶積經》說：「何謂形服沙門？有一沙門，形服具足，被僧伽梨，剃除鬚髮，執持應器。而便成就不淨身業，不淨口業，不淨意業，不善護身、慳嫉、懈怠、破戒為惡；是名形服沙門。」

顯然，這一類比丘，只是在生活——衣食等習慣上，學習得有個樣子，而另一面，便成就「不淨身業」，如殺、盜、淫，或殺、盜、淫的方便罪；成就「不淨口業」，如大小妄語、惡罵等；成就「不淨意業」，如見解偏激荒謬，全心放在俗事上打轉。他不善守護自身，為慳吝、嫉妒、懈怠放逸等煩惱所使，所以才破戒為惡，三業都不清淨的魯智深，只是形儀服裝上像出家人而已，所以叫他「名形服沙門」並不過份。

《地藏經》說：「若有眾生，偽作沙門，心非沙門，破用常住，欺誑白衣，違背戒律，種種造惡，如是等輩，當墮無間地獄，千萬億劫，求出無期。」

魯智深之輩，若不趁早懺悔回頭，死後果報，當如是也。

六、毀壞三寶　必墮地獄

【摘要】

有座「瓦官之寺」被外道邱小乙，和野和尚崔道成強占破壞，僧眾被驅逐出去，留下幾位老弱走不動的修行和尚，飽受折磨欺侮，後來惡有惡報，被魯智深和史進殺死。（第六回）

【佛法解說】

若有人強占寺院或道場，責罵、欺侮，甚至殺害出家僧眾，罪大惡極，苦果報應無法想像。如《地藏經》說：「若遇毀謗三寶者，說盲聾瘖啞報。若遇輕法慢教者，說永處惡道報。若遇破用常住者，說億劫輪迴地獄報。若遇污梵誣僧者，說永在畜生報。」

佛如大醫王，法如良藥，僧如護理人員，毀謗三寶的重罪難以救拔。若有愚昧之徒膽敢毀謗三寶，將來必會墮入地獄、餓鬼和畜生三惡道，受無量苦後轉生為人時，還要受瞎子、聾子、啞巴的報應。若有歧視怠慢，故意破壞或妄用常住的財物，甚至故意污染苦修清淨行的僧人，將來都會受億萬劫的地獄苦果……。

如下則藏傳《百業經》的記載可以佐證：

當佛陀在印度舍衛城的時候，有一位施主的財富很多，就跟多聞天子一樣。這位施主雖然學佛，但也不排斥一些外道宗派。他的妻子懷孕九個月後生下一個孩子，具有金黃膚色、頭像寶傘等種種瑞相。當小孩會行走玩耍時，施主便買了一隻小母狗陪他玩耍。

這隻小母狗很聰明，每次見到外道信徒總是跑去咬他們，並咬爛他們的衣服；但見到比丘時，則是搖著尾巴，跑去舔他們的腳，或是繞圈等作一些恭敬的行為。

有一天早上，舍利弗以聲聞眼觀知度化施主的因緣已經成熟，於是著衣持缽到舍衛城化緣。當他走近施主家時，那隻母狗遠遠地跑去迎接尊者，舔舍利弗的雙足，又搖搖尾巴，恭敬地右繞三匝。施主看見後，心想：「這隻狗真有善根！牠只不過是隻狗，卻對比丘這樣恭敬，這位比丘肯定是位大德，我應該好好恭敬供養他。」

於是，施主開口邀請舍利弗尊者到他家應供，尊者默許。施主心生歡喜，於家中敷設高座，並親手供養飲食，尊者也如理受食。供養圓滿後，施主祈求舍利弗傳法。

舍利弗以神通觀察他的根機，傳授相應的佛法。因為聽聞佛法的加持力，施主摧毀了薩迦耶見，證得了預流果。舍利弗又與他交談良久後，才回去。

得果後的施主，生大歡喜，廣行佈施，其財源如井水般，讓蜂湧而來的求施者取之不竭。施主也常請舍利弗應供，並代為母狗祈求傳法，舍利弗隨順所求為牠傳法，母狗也以恭敬心聽受。

這時，施主心想：「我能證果都是因為這隻母狗的因緣而來，若不是牠去迎接尊者，我也不可能供養尊者。牠對我有大恩德，應該好好善待牠。」

有一天，這隻母狗生病了，施主請舍利弗尊者為牠祈福。舍利弗尊者對母狗與施主傳授：「諸行皆無常，諸行皆痛苦；諸法皆無我，涅槃即寂滅。」並對母狗說：「如果你對我生歡喜心，那麼即使墮入畜生界，也能脫離惡道的。」尊者回去後，過了不久，母狗就去世了。

施主前去請問尊者：「我的母狗死了，現在該怎麼辦？」

尊者對施主說：「將母狗的屍體放於靜處，肉體腐爛後的骨架，會有大用處。」施主便按照尊者的吩咐，處理母狗的屍體。

母狗死後，牠的神識投胎到施主的家中，成為施主家的女兒。女孩長大後，相貌十分莊嚴。

有一天，舍利弗見到她，叫她去聽法，但就正值青春年少，性情嬌縱，不肯去。這時，舍利弗把靜處的母狗骨架，放到她面前。突然，她能夠回憶起自己的前世，她心想：「由於舍利弗的加持，使我脫離傍生界，獲得人身，所以尊者對我有恩。我應該立刻到尊者前聽法。」

她來到舍利弗尊者面前，舍利弗觀察她的根機，傳給她相應的法，她以智慧摧毀薩迦耶見，得到預流果。得果後，她披上袈裟，對尊者恭敬頂禮請求：「我希望能在釋迦佛的教法下出家，修持清淨梵行。」

尊者告訴她：「需徵求父母的同意，才可以出家。」

後來，她取得父母同意，舍利弗便把她帶到比丘尼僧團，讓她在摩訶波闍波提長老尼前落髮出家，受具足戒。摩訶波闍波提長老尼為她傳了相應的法，她精進修學，最終斷盡三界煩惱，證得阿羅漢果。

證果後，她對舍利弗充滿感激之情，經常頂禮尊者，也時常對舍利弗說：

「尊者，您對我有大恩德。我曾經是傍生，是您把我從傍生界中救出來；我能得聖果，也是您幾度傳法的緣故。」

舍利弗身旁的比丘們因常聽見她這麼對舍利弗說，因而好奇地請問舍利弗尊者：「為什麼這位比丘尼天天說『非常感謝您，您使我從畜生界中得到解脫』呢？」

尊者問他們：「你們是否還記得，舍衛城有位施主家的那家母狗呢？」

「對，對，是有隻母狗，牠對我們很好。」

尊者說：「牠就是這位比丘尼的前世。當時我為牠傳法，牠對我生起無比的歡喜心，死後轉生為施主的女兒，她現在能回憶前世，所以常說些感激我的話。」

比丘們聽後，對因果生起很大的信心，又到世尊前請問：「世尊！這位比丘尼以什麼樣的業報轉生成一隻狗？以什麼樣的業感轉為人身？又是什麼因緣能在佛的教法下出家，獲證羅漢果位呢？請世尊為我們開示。」

世尊告訴他們：「比丘們！這是她前世的業力與今世的因緣所造成的。在賢劫人壽二萬歲迦葉佛住世的時候，當時的印度鹿野苑有一位大施主的女兒，對迦葉佛具有大信心，並在迦葉佛的教法下出家。她精通三學，持戒清淨，具足梵行，是一位傳授佛法的說法上師。因為她說法度眾，得到許多人的供養，但她覺得：『我一個人享受不了這麼多，不如發心將所有財物供養僧眾。』於是就把每次所得的供養物，用來供養維持僧眾的生活。

有一次，她遇到急事請求僧眾幫忙，但僧眾因為忙碌的關係，沒有一個人能夠幫她。這位比丘尼頓時生起大瞋恨心，咒罵僧眾：『我平時對你們事事關照，供養你們，為你們做許多的事情，可是當我遇有急事，卻沒一個人肯幫忙。你們一點良心都沒有，像母狗一樣。』

僧眾聽到她用『母狗』罵僧眾，知道她已造下很大的惡業，便問她：『妳是什麼人？我們又是什麼人呢？』

那位比丘尼生氣地說：『你們是出家人，我也是出家人。』

僧眾告訴她：『有點不同，雖然都是出家人，但是我們當中有已證得果位的聖者，妳還是個凡夫，如此惡口已經造作很大的罪業，會使妳在輪迴中受苦的，妳應該好好地懺悔罪業才是。』

聽了這些話，這位比丘尼也覺得言之有理，於是心生悔意，便在後半生中，不斷地懺悔，並更加精進行持淨戒，她在臨終的時候發願：『願我一生持戒、供養的功德，使我生生世世投身富貴之家，相貌莊嚴，並能在釋迦牟尼佛的教法下出家，成為阿羅漢。還希望我在僧眾前惡口罵人的罪業不要成熟。』

雖然她這麼發願，但這個惡業最先成熟，並且轉生五百世的母狗之後，其他的願方成熟，到了今世才得以出家證得阿羅漢果。今生的因緣則是，她作母狗的時候，對舍利弗尊者生起歡喜心和大信心，以這個歡喜心和大信心，始得以轉為人身。」

不明佛理的人，昧於三寶的無量莊嚴與神聖功能，應可恭讀受用下則《星雲說偈》——「三寶為富」。

雖無諸珍寶，及以資生具；
能信三寶者，是名第一富。

——《大莊嚴論經》

這首四句偈告訴我們，信仰三寶的人，就是世間第一富有之人。

一個人貧窮或富有，不能只以財富的多寡來評斷，因為有許多「富有的窮人」，這種人有錢不知足，有錢不做好事，他還是貧窮。反之，也有不少「貧窮的富人」，雖然沒有錢財，但他歡喜給予，歡喜與人分享，樂於幫助別人，內心愉悅滿足，心靈十分富有。

富有的窮人，常常覺得不滿足，貧窮的富人，卻能以享有代替擁有。比方說，雖然是別人建的公園，但我可以散步；雖然是別人蓋的橋樑，一樣可以通行。儘管天地、日月、星辰都不是我的，但是我可以曬太陽，可以欣賞月色，可以仰望星空，只要懂得享有，世間哪一樣東西不是我的呢？何必一定要據為己有呢？

所以「雖無諸珍寶，及以資生具」，這都沒有關係。人沒有金銀財寶，也缺乏資養生活的用具，如好的沙發、好的床鋪，沒有電視機、電冰箱、冷氣、汽車等，也不要緊，只要有一顆慈悲心。一個人寧可什麼都沒有，也不能失去慈悲心。

「能信三寶者，是名第一富」，世間有物質的金銀財寶，宗教也有精神信仰的財寶，即皈信佛、法、僧三寶。人只要有信仰，信仰就是財富，就算天下的人都捨棄我，可是我信佛，心中有佛就不孤獨。即便我沒有知識，可是我信法，我有佛法也能懂得道理。我信僧，對僧寶等一切善知識，我都很尊敬，把他們都當成老師，他們就能幫助我向上向善。因此，只要能信仰佛、法、僧三寶，就擁有精神上的財寶，便是世間第一富貴人。

這首四句偈告訴我們，物質的財富，不能使人感到富有，也不能使人快樂，希望人人都擁有信仰的財寶，做個精神上的富者。

七、放人一馬利多弊少　退後一步海闊天空

【摘要】

林沖被高俅算計陷害，被押送到開封府，府尹判林沖應到滄州牢城。當廳打一面七斤半團頭鐵葉護身枷釘了，貼上封皮，押了一道牒文，差遣董超，薛霸兩個公差監押前去。兩個公差起程前夕，高俅派心腹送十兩金子給他們，唆使他們不必遠去滄州，只需到半路無人處暗中殺掉林沖就得……兩人果然貪財依吩咐行事，一路上百般虐待手鐐腳拷的林沖……不久來到一處樹林，四下無人，董超和薛霸便向林沖吐露實情，林沖苦苦哀求饒命，兩人不理會，抽出尖刀要結果林沖性命，正在危急時，樹林中突然跑出魯智深來相救，魯智深憤怒之下正欲殺死兩

個公差時，林沖反而百般阻擋，竭力替公差求情，央求魯智深手下留人，不要殺害董超和薛霸。（第八回、第九回）

【佛法解說】

貪婪是三毒（貪瞋癡）之首，百善之禍，亦是有情眾生遲遲不能證道的主要原因。知足常樂的古訓，反諷古今世人昧於貪婪的恐怖，輕則使人憂鬱不樂，重則令人傷身害命。例如下則《六度集經》的記載：

從前某地有叔侄兩位商人。有一天，他們要到國外做生意，途經一條河邊，叔父先行渡河，走到對岸的村子裡。村裡有一家寡婦和小女孩，母女生活十分窮苦。商人來到她們家時，小女孩端出一個金盤說要賣，母親也說這是傳家的金盤，因為生活過不下去，不得不賣，才特地拿出來讓商人過目。

商人用尖刀削來一看，發覺這是罕見的寶物，奈因他天生貪欲太強，就動了歪腦筋，想要騙她們母女。

「這種東西根本不值錢，拿了會弄髒我的手。」

他說完就往地上一丟，走出家門，揚長而去，她們母女都覺得十分難為情。侄兒此時慢一步來到她們家，就問：「有東西要賣嗎？」

「既然前面的人這麼說，也不必拿出去賣了。」母親說。

「現在這個人看起來蠻老實。」女兒說。

女兒再拿出金盤子來，侄兒一看大吃一驚地說：「這是罕見的寶物，也是斯摩金。我要用身上所有的金子跟你們交換好嗎？不過，我沒有船費回家，所以，我只留下百文錢，其餘的全都給你們好了。」

侄兒毅然買下金盤子，高高興興地從原路回去。

剛才憤憤離去的叔父又返身回來說：「你的金盤很差勁，我看你們可憐，現在我給你們一點金子，你快把金盤給我好啦！」

「可惜，剛才一位年輕商人看見，就用身上所有的黃金買走了。」

叔父一聽，驚訝得拔腿就跑，上氣不接下氣跑到河岸，大聲叫道：「快還我金盤子，快還我金盤子。」

一會兒，他吐血倒在地上了。

侄兒聽到叫聲，拿著金盤回岸時，叔父已經死去。

這是貪欲身亡的故事。

兩個公差董超和薛霸收受賄賂，昧著良知敢殺林沖，是貪財害命的最好範例。放眼周遭，類似的例子，多得不勝枚舉。

有人愚昧無知、不明事理，可叫無明或無智，他們對極平常的生活點滴都善惡不分，更昧於三世因果的智慧，不僅令人看了啼笑皆非，且令自己苦惱萬分。

例如下則《百喻經》故事：

某年，釋尊在舍衛國的祇園精舍對眾生說法。且說某村的婦女習慣用睡蓮花做髮飾。有一個窮漢的妻子也想要睡蓮花，她向丈夫強求了。

「你給我找一朵睡蓮花來，否則，我要離家出走。」

她的丈夫生平擅長模做鴛鴦的叫聲，現在，他為了要偷竊王城池塘的睡蓮，乃潛入裡面模做鴛鴦的叫聲。這時候，池塘守衛奇怪地問：

「池塘裡蠕動的是誰？」

窮漢忽然失言：「我是鴛鴦。」

他立刻被守衛逮捕了。守衛拖他去見國王，半路上他很巧妙地發出鴛鴦的叫聲。守衛說：「如果你早這樣叫，也就沒事了。現在叫有什麼用？」

兩個公差的心行正是如此，忘了舉頭三尺有神明，即使眼前無人知曉，然而人在做，天在看，因果報應是遲早的事。

林沖一路上受夠不合情理的虐待，還差點兒遭對方殺害，但見他始終逆來順受、默默忍耐，幸蒙友人現身相救，當友人氣憤下要殺死公差時，林沖絲毫不會趁機報復，反而一味替兩個公差向友人求情，饒恕他們性命，這種心態與肚量，值得擊掌讚歎！

現請一同恭讀下則《星雲說偈》——「唯默忍為安」。

貪欲為狂人，沒有仁義心；
嫉妒欲害愛，唯默忍為安。

——《六度集經》

這首偈語主要闡明貪欲的弊病與嫉妒的罪過，彰顯忍的美德，能忍的人最為平安。

「貪欲為狂人」，有的人貪財好色、貪名求貴，這種起種種過份貪心的人，就是狂人，是不正常的人，很容易為欲望所役使而迷失自我。一個過度貪求的人，就算擁有一棟房子、一間銀行，甚至是全世界，也滿足不了內在欲望的無底洞。被貪欲所掌控的狂人，會為了滿足一己的欲望，而缺乏仁義心。

所謂的「仁義心」，就是願意與人共有、共用、共存的心。有好吃的東西，願意與大眾共食；有住的地方，願意與大眾共同居住；有好的資訊，願意與大眾共同分享。

有仁義心才是正常的人，你看仁義的「仁」字，「人」字旁有一個「二」字，意謂著心中不能只有自己一個人，必須是二個人，要有別人的存在，才具有仁慈的心，才堪稱為「人」。

「嫉妒欲害愛」，嫉妒心很不好，有的人嫉妒別人比自己聰明，嫉妒別人比自己美麗，嫉妒別人比自己有錢。自己歡喜的人事物，由於得不到，就產生嫉妒與毀滅的行為，這種嫉妒心的過份發展，對人間的殺傷力很大。希望世間上一些愛嫉妒的醋罈子，應該多加一點清淨的法水，不讓嫉妒污染了內心的清淨。

「唯默忍為安」，做人處世遇有不平之時，有時候應該沉默慎言，不要衝動妄言，或是起瞋恨心。能夠多一分忍耐、包容、體諒，少一分貪欲、嫉妒，才是人生平安之道。

再請一同參究下則禪門公案。

龍虎寺的學僧們正在根據佛經上的一個典故，在屏風上畫一幅龍虎爭鬥圖，圖中龍盤雲端，虎踞山頭，整幅畫生動逼真，但是總感覺氣勢不足，學僧們反反覆覆修改了五次，還是沒有成功。

這時主持恰巧從屏風處經過，看到學僧們愁眉苦臉的樣子，問怎麼回事？學僧們就把剛才遇到的困惑向主持說了。

主持看了看畫，說道：「整幅畫畫得不錯，但是之所以沒有氣勢的原因，是你們忽視了龍和虎的一個性格——龍在攻擊之前，頭必須向後退縮；虎要上撲時，頭必然自下壓低。只有這樣他們也就能衝得更快、跳得更高。」

學僧們聽了嘖嘖稱道：「主持您真是一語道破天機，我們不僅將龍頭畫得太向前，虎頭也太高了，怪不得總覺得動態不足。」

主持趁著這個機會又教導道：「做人又何嘗不是這個道理？你只有謙卑地對待別人，才能得到別人的尊重和愛戴。向後退一步，才能向前進一步。」

學僧摸了摸腦袋說：「主持，『向後退一步，才能向前進一步』怎麼講？」

為了讓學僧明白其中的道理，主持馬上做了一首禪詩：「手把青秧插滿田，低頭便見水中天；身心清淨方為道，退步原來是向前。」

學僧們心中豁然開朗。

八、慢心要不得　行者須自警

【摘要】

林沖被兩個公差押送遠地途中，特地拜訪柴進大官人，但見柴府中有個洪教師態度非常傲慢，林沖心想對方既然能任柴大官人的師父，必有非凡的武藝。所以林沖經過主人介紹後，對洪教師拜了兩拜，十分謙恭禮敬，但見對方全不理睬，也不還禮，而林沖也不敢抬頭……洪教師輕視林沖徒有虛名，沒有真本事，三番兩次要逼林沖較量一下，不斷說「來，來，來！和你使一棒看。」主人也趁機在旁勸進和鼓勵……這一來，林沖再也無法推辭，只好上場應對……誰知一來一往，三兩下子對方就被林沖一棒擊倒在地，眾莊客笑著扶起他。洪教師滿臉羞愧，自投莊外去……。（第九回）

【佛法解說】

慢心，比較自己與他人的高低、勝劣、好惡等，而生起一種輕蔑他人的自恃心，也就是自負，輕蔑的意思，洪教師的態度與心量，應可作如是觀。

傲慢有種種分類，依《大毘婆娑論》說，有以下七種慢：

（一）慢，對劣於自己的人，認為自己比較殊勝；而對與自己同等之人，謂與自己同等而令心起高慢。

（二）過慢，對與自己同等之人，硬說自己勝過對方；對勝過自己之人，亦偏說對方與自己同等。

（三）慢過慢，對勝過自己之人，起相反之看法，認為自己勝過對方。

（四）我慢，乃是七慢的根本慢，對於五蘊假和合之身，執著我、我所、恃我而起慢。內執有我，則一切人皆不如我；外執有我所，則凡我所有的皆比他人所有的高上。

（五）增上慢，對於尚未證得之果位或殊勝之德，自認為已經證得了。

（六）卑慢，對於極優越之人，卻認為自己僅稍劣於其人；或雖已完全承認他人之高勝，而自己實卑劣，然而絕不肯虛心向其人學習。

（七）邪慢，無德而自認為有德。

請讀《雜譬喻經》下則記載，便知「強中更有強中手，能人背後有能人」，可以藉此破解貢高我慢心。

釋尊住在祇園精舍的時代。某地住有八位大力士，他們每個人的手腕力相等於六十頭巨象之力。其中，有一位大力士又精於謀略，文武兼備，他自以為天下人都畏懼他，甚至以為天下無敵。

佛知道這位力士旁若無人的態度，遲早會淪於惡道，就想辦法要拯救他。有一天，佛訪問他，叫守衛傳達信息。

「我看見佛陀啦！他說要見你，你想怎麼樣？」

大力士聽見守衛傳話，就對左右說：「不論佛陀怎樣禮賢下士，總不會來找我，不見也罷。」

守衛一連兩次傳話，都被主人拒絕，佛又敲大力士的大門，但是，依然無效。在這種情況下，佛就化身為一年輕大力士，要求跟他比較勝負。當守衛傳達這個消息時，大力士立刻反問守衛：「他是國內八位大力士之一嗎？」

「不是，他是年輕的無名小卒。」

大力士勉強走出一看，果然是一個年輕小夥子。一會兒，才帶他到摔交房去，大力士擺好架式，準備一招就要摔倒他，氣勢咄咄逼人。

當雙方正在聚精會神，突然說時遲，那時快，年輕小夥子驀然飛離地面十餘丈，大顯神通，只見摔交場上火柱昇高，旁若無人的大力士，大驚之下，不但不敢輕視，反而十分恐怖。

此時，空中傳來歸命（梵文的南無之譯，快獻出生命，皈依吾佛）的叫聲，摔交場上的大力士，才小心翼翼地拜倒在眼前的吾佛，表示決心要修行佛道。

現代人常說「知識的傲慢」，有些知識份子學貫中西，滿肚子墨水，容易恃才傲物，下則禪門公案堪稱當頭棒喝。

有一天，有位大學教授特地向日本明治時代著名禪師南隱問禪，南隱只是以茶相待，卻不說禪。

他將茶水注入這位來客的杯子，直到杯滿，還是繼續注入。這位教授眼睜睜地望著茶水不停地溢出杯外，再也不能沉默下去了，終於說道：「已經漫出來了，不要再倒了！」

「你就像這個杯子一樣。」南隱答道：「裡面裝滿了你自己的看法和想法。你不先把你自己的杯子倒空，叫我如何對你說禪呢？」

近代禪門高僧來果老和尚，曾對信眾開示慢心的對治法要，以及我慢的嚴重後果。今摘錄於下：

參禪人，日用中做天下人灰孫子，見世俗僧人，謙恭客氣，極禮厚敬，才為僧人本分。並不是我怕人，我豈怕人？惟願我怕天下人，願天下人不怕我，不敬我；果能辦到，是好僧人。

各人千萬，勸十方僧俗人，急除我慢。要知我慢，是貪瞋癡之附屬物。故佛云：「貪、瞋、癡、慢、疑，地獄五條根。」誠哉斯言也。

欲請天下僧俗人，除我慢者，有一善法，人能辦到，不除自除。那一法呢？男女僧俗，為我過去父母，又為未來諸佛。我見你當父母孝順，你見我當諸佛恭敬。盡天下人你孝順我，我恭敬你，如此做去，慢之一字，當絕種也。

我慢者，盡天下只有我一人，任天下人，無一如我，是為我慢。其他「增上慢」者，這些佛經祖語是故紙，佛是銅木所成，此慢死後墮阿鼻獄。卑劣慢者，言君子人不作下賤事，和尚當家，不可化飯、拾破布等。此慢死後墮三塗苦。一切諸慢，凡慢有我，比貪瞋癡三毒更毒。

前三毒雖毒，終有休時，獨我慢一毒，在人道慢人，在鬼道慢鬼，在畜道慢畜，任居何處，有處生慢。

其義云何？如在人道慢人者，如俗人唱歌，一聽這歌不好聽；鬼道慢鬼者，大鬼弄人太慢，小鬼即嫉曰：我比你還弄得快些。畜道慢畜者，如豬子初來，大豬一口含住小豬一甩；又如羊子新來，慢小羊者，大羊就欺小羊；一角甩多遠。仔細看來即將大地人與非人，見他如見父母，見你如見諸佛，將可或改。

九、樂行佈施　廣結善緣

【摘要】

柴進被稱為柴大官人，為村中大財主，江湖上叫他「小旋風」。他是大周柴世宗子孫，宋朝皇帝敕賜與他「誓書鐵券」在家，無人敢欺負他，他喜愛結交天下往來的好漢，三五十個養在家中，常常囑付村中酒店說：「如有流配來的犯人，可叫他投我莊上來，我自資助他。」東京被冤屈的教頭林冲，被發配到荒僻州縣時路過此處，蒙得柴進招待資助，暫時解除燃眉之困。（第九回）

【佛法解說】

柴進有宿世福報，始得出生官家後裔，享受祖先的餘蔭，而無須憂慮生活，難得他能善用財貨、廣結善緣，時常救助落寂潦倒的江湖好漢，懂得佈施的真諦，造善因，種福田，毫無憍慢心態。雖然佈施錢財不多，但救急不救窮，照樣能給人歡喜、給人方便，對氣餒灰心的人好言安慰，鼓舞對方有再生奮鬥的意志，便是法佈施的風範，菩薩行的起步。

下則《星雲說偈》——「真善友」，便是這種人格特質最妥當的描述，放眼人間、難能可貴。

我略說友相，惡練善勸行；
厄難相救濟，是名真善友。

——《佛本行集經》

這四句偈告訴我們，什麼樣的人才算是真正的善友。每個人都有朋友，俗云「在家靠父母，出外靠朋友」，有的人個性慷慨，四海之內皆兄弟，普天下到處都有朋友。然而，這麼多的朋友當中，有好的朋友，也有不好的朋友，就如有些人事業成功，就是靠好朋友的幫助，好朋友的提攜，好朋友的助緣；也有的人，則是被壞朋友陷害，或被壞朋友拖累，甚至有不堪設想的後果。

所以，對於交友要有所選擇，因為「近朱者赤，近墨者黑」，我們必定會受到朋友的影響。

時下有些青少年，有的深夜不歸、飆車、竊盜、吸毒、搶劫，甚至犯下不可饒恕的彌天大罪，大多是由於交友不慎。可見交友對於我們的一生，有著舉足輕重的影響，不可不慎。

「我略說友相」，究竟什麼才是真善友呢？比方有學問，但是有學問還不行，必須要有道德；有道德還不夠，必須要對自己友好尊重。有的朋友有錢有勢，可是很勢利，看不起人；有的朋友雖然兩袖清風，不過對人都是真誠相助，這就是好朋友。

「惡諫善勸行」，當自己作惡，朋友會勸諫不可做，這就是好朋友；有時候自己懈怠，朋友會鼓勵，勸勉奮發向上，善巧方便地勸自己要努力、要加油、要向上，這個就是好朋友。

「厄難相救濟，是名真善友」，所謂「路遙知馬力，日久見人心」，尤其在遭逢苦難的時候，朋友能給我們一點幫助，給我們一些救濟，給我們一些提攜，這都是好朋友會做的事。

佛經常說，有的朋友像一朵花，在你美麗的時候，他把你戴在頭上，可是你失勢了，他就把你丟在地上。因此，能夠在苦難的時候，願意伸手救援我們的，這也是真善友，像這些善友才值得我們結交。

《菩薩善戒經》說：「菩薩不聚集財物，不等到飛黃騰達以後才佈施；他得到財物，立即就佈施出去，而永遠不把財物囤積起來。為什麼呢？因為菩薩深知財物和人命都無常難保。所以一遇到乞求的人，便立刻佈施，為什麼呢？如果等到飛黃騰達和夠氣派才佈施，就會使眾生忍受更久的苦惱，所以，這種佈施不算完美。」

不明佛理的人，肯定認為給人錢財是一大損失，對方也許永不送還，從此亦不再碰面，殊不知佈施者不但能藉此種善因、種福田，且心中有一股溫馨的快樂與成就感，事實上，「施」會比「受」更有福；從三世因果的觀點說，來生或再來生總會有見面續緣的機會。

又下則《星雲說偈》——「慈心護生」，正是佈施不吃虧的佐證，好好咀嚼，必知也是既長期又穩定不賠的好投資。

莫驅屋上烏，烏有反哺誠；

莫烹池上雁，雁行如弟兄。

——明・方孝孺

這首「勉學子」是明朝學者方孝孺所寫的一首詩。意思是說，不論烏鴉或大雁，都與人類一樣有感情，懂得反哺感恩，也懂得相互尊重，以詩偈勸化世人莫濫殺生靈。

宋朝詩人黃庭堅也說：「我肉眾生肉，名殊體不殊；原同一種性，只為別形軀。」眾生雖然名字形體各有差異，但同樣都是世間的過客。

「莫驅屋上烏，烏有反哺誠」，小學生音樂課本裡，有一首「老烏鴉」的童謠：「老烏鴉，年紀老，跳不動，飛不高，在窩裡叫，呀呀叫，呀呀叫；小烏鴉，年紀小，到田裡，抓小蟲，帶給媽媽，吃個飽，吃個飽！」

這首童謠簡短易記，又能發揮潛移默化的教育功能，擬人化的寫法，讓人深深感受到小烏鴉的孝心。

佛門一向提倡護生，尊重一切有情的生命。就如當初佛陀制定結夏安居的規矩，就是唯恐雨季期間僧侶外出托缽，可能會踩傷地面蟲類及草樹新芽。

還有民國初年，豐子愷先生出版的《護生畫集》，作品裡有許多生動感人的圖畫和故事，因此佛光山佛陀紀念館建設之初，就邀請現代藝術家葉先鳴先生，將這些畫以立體浮雕來呈現，並經由陳明啟先生的彩繪，讓護生圖變得更具體、更鮮明活潑，目前已成為各學校戶外教學極佳的生命教育教材。

「莫烹池上雁，雁行如弟兄」，規勸人們勿濫殺池上的大雁。牠們在飛行時，如同弟兄一樣很有次序，不任意離群，很有團隊精神。或許有人會覺得雁走路慢，呆頭呆腦的，其實雁很有修行，不聒噪、不爭先恐後、按部就班，也很注重威儀。

上天有好生之德，我們在飲食上也要對生命多加愛惜，不要將自己的口腹之欲，建立在其他眾生的痛苦上，就如《禮記》所云：「君子遠庖廚，凡有血氣之類，弗身踐也。」

不只是佛教徒重視護生，現在世界上有許多護生協會也在宣導「護生」的觀念，我們在保護生態環境的同時，其實也是在保護自己的生命和生存空間。

十、種下善因終有報　蒼天有眼不虧人

【摘要】

某日，林沖正在閒走時，巧遇一個酒店的主人（酒生兒）李小二。當年在東京時，李小二因偷竊被捉住了，要送官司問罪，幸得林沖主張陪話，救了他免送

官司，又與他陪了些錢財，方得脫免；又因身無分文，又虧林沖給他些盤纏，到外地謀生。後來，李小二來到滄州，因緣際會結婚生子，經營一家茶酒店。

今得知林沖被人算計陷害發配來到此地，於是請回家去款待，同時也很恭敬孝順林沖的起居飲食，亦常送些銀兩給林沖當零用錢，竭力回報當年的救助之恩。（第十回）

【佛法解說】

佛家說有果必有因，無因不現果，人生的因緣際會和恩怨情仇，須從三世因果的高度看，始得究竟圓滿的詮釋，才能讓人心服口服。因此，李小二與林沖肯定有過宿世因緣，今生始得如此好因和好緣，再度相互幫忙互助，意指林沖當初的一念善心，才有現在的善報。

下則《六度集經》記載，便是極好的佐證。

某年，釋尊在舍衛國的祇園精舍對群眾說法。

且說某地有一位菩薩，他隱居在深山幽谷中，與青松結友，竹林為伴。他常以大慈大悲的心，同情眾生的生死苦惱，靜心誠意，追求自他共濟的大道。但在這寂靜的境界裡，也有件事物妨礙他的求道生活。那就是一隻蝨子。

蝨子在這位菩薩的衣服上築巢居住。菩薩一直覺得身體癢癢，心地難平靜，好不容易在心境上浮現的真如之月，也經常為了這個波浪，而消失了影子。

菩薩伸手要摸蝨子。但是，衣服襤褸，不易捉到牠，最後終於捉到手上，心裡又很同情牠。不過，辛苦捉到手也值得高興一下。結果不忍心殺牠，只好把牠放在一塊獸骨上。

蝨子幸得一命，在獸骨裡連續吃了七天食物，待牠吃完後，才自行離去。之後，幾度生而復死，死又復生，反覆如此。

菩薩後來修行成佛了。

一天，大雪紛飛，道路封閉，路上沒有一個行人。剛好此時，國內一位長老招待釋尊，及其數千名弟子，供養七天，佈施善根。長老一家人全都誠心誠意供養釋尊，及一群佛弟子。

時光迅速，七天很快期滿。但是，下雪不停，路上也不能行走，釋尊對阿難和一群弟子們說，還是回寺院去了。

阿難暗吃一驚：「長老對我們的誠意與恭敬，值得感激。如今雪越下越大，而想回去寺廟，可就沒有地方行乞吃飯了。我們再給長老供養兩三天不行嗎？」

「長老的好意已經盡到了，不會再供養我們了。」

釋尊說完話，即刻率領弟子們回去寺院。次日，釋尊說：「你到長老家去行乞看看。」

阿難依言來到長老門前站著托鉢。

守門人看見阿難來托鉢，雖然也曾佈施，但什麼話也沒說。不久，阿難回到寺來，將實情稟告釋尊。

「為什麼昨天與今天的態度完全不同呢？」

釋尊詳細說明過去與蝨子的一段因緣，然後又說：「阿難，我由於慈悲心才拯救蝨子的性命，並且把牠放在腐朽的獸骨上，給予七天的食物。由於這段因緣，那隻蝨子今天出生為長老，才供養我們山珍海味，宿世的恩惠，用七天來報答。所以，長老的心只止於七天而已。」

古人說：「施恩慎勿念，受施慎勿忘。」受人點滴之恩，須湧泉以報；諸葛亮早年躬耕於南陽，而劉備卻肯低聲下氣，三顧茅廬，請到孔明出來幫他出謀劃策，而孔明有生之年也報答他的知遇之恩，鞠躬盡瘁，死而後已，成就歷史上一頁感人佳話。

依佛法說，一切事物皆依因緣方能相互生存，此即恩之所在。佛教所說之恩，可分積極與消極兩面。

積極之恩，即心存恩念，此為修行佛道的根本要素。如《大乘本生心地觀經》所舉父母之恩、國王之恩、眾生之恩、三寶之恩等四恩，這是我們必須要日夜思念者；尤其主張孝養父母的功德與供養佛相等。此外，如來以大願力救度眾生之恩德亦須思索和感念。

消極之恩，如親子、夫婦之恩愛常會妨礙佛道修行，故必須斷絕，僧侶在出家得度時有一偈語：「流轉三界中，恩愛不能說；棄恩入無為，真實報恩者。」

第二章

心亡罪滅兩俱空　是則名為真懺悔

一、佛道錢財觀　活潑不落伍

【摘要】

有位東溪村保正晁蓋，平生仗義疏財，專愛結識天下好漢，但有人來投奔他的，不論好歹，便留在莊上住；若要去時，又將銀兩齎助他起身；他愛刺鎗使棒，自己也身強力壯，不娶妻室。後來結夥搶劫遭官府追捕，不得不落草梁山泊，成為眾望所歸的首領，直到一次戰役中身亡，有相當長時期率領過梁山泊團隊……。（第十四回）

【佛法解說】

古往今來，許多漢子因為財色兩字而引起生死相鬥或糾纏苦惱，若能看破它，反而重視人情義理，便能呼朋引伴，廣結善緣，甚至被推舉為首領，讓人心服口服。晁蓋便是這個角色，故能統御領導梁山泊眾人極長一段時間。

一旦坐上第一把交椅，就要統御有方，善體人意，懂得適材適用，因為部屬都非省油之燈，每人各有所長，性格殊異，如何保障大家的生活，讓各人都有發揮才能的機會，明白部下的人格、性向、能力和好惡等，是絕對少不了的能耐，運用得當始得眾望所歸。

下則《星雲說偈》——「領導之道」，便是極佳的參考與啟示。

能以權方便，令人得其所；
眾庶得歡喜，悉共等稱譽。

——《生經》

這四句偈是說，不論是政治家也好，或是企業家也罷，士農工商各行各業的領導人，都需要擁有權巧方便。所謂權巧方便，就是權宜的智慧，也就是法無定法，不必執著於特定的方法，也不要求他人一定必須怎麼樣，有時得視對方的根機、能力有多少，再來做要求。

就如一個沒有讀過書的人，你要叫他寫一篇文章，這個很難；一個沒有學過外文的人，你要叫他看外文的書籍，這也是強人所難。現代的社會，有軍事家、教育家及經濟學家等，都各有專業，既然有專業，就得依對方的專業來運用。

所謂「令人得其所」，既然各有所能，各有所表現，就要令其適得其所，使他的才華適得其任，適得其用，這是很要緊的。

有的人有大才，你不用很可惜；有的人無才，你卻偏偏歡喜用他，這樣也不恰當。所以，如何讓人才適得其所，安於其位，用得剛剛好、恰恰好，這需要有權巧的智慧。

就如屋內的傢俱，若卡榫都做得很準確，就能鎖得很實在；我們的房屋，若砌得四平八穩，就能發揮遮風避雨的功能。因此，主管要懂得用人，善於看人，就能讓屬下一展長才。

當部下灰心懈怠，要適時給予善意的鼓勵，讓他提起對未來的希望，感覺在你的領導下，可以生生不息向前，這個很重要。有時，與其給部屬多少的薪水，或給他多少的利益，還不如讓部屬感受到你對他的關注及提攜，這更重要。正如菩薩度眾要有權巧方便，視眾生的根器、喜好之不同，令其轉迷為悟；一個好的領導者，同樣也要有這樣的能力，將部屬引導回工作崗位，讓他快樂工作。

如此，就能「眾庶得歡喜，悉共等稱譽」。眾庶，就是一般的百姓，一個有為的領導人，最重要的就是令大眾得到幸福與安樂，否則就算是自由民主的社會，若生活得不歡喜、不快樂，那也沒有用。因此，能令大眾歡喜是最重要的，這樣的領導才能得到眾人一致的讚譽。

錢財本身是中性，無所謂好壞善惡，只有人心才有是非計較，美醜分別。人若心好，會把錢用於慈善救助，發揮錢的正面功能；人心若不好，便會肆無忌憚，吃喝嫖賭，造作無量罪孽，結果誤人誤己，悲劇下場。

「仗義疏財」算是個明理之輩，深知錢是身外物，生不帶來，死不帶走，不如把它用在義理友誼方面。許多人愛說：「金錢掛帥。」從前如此，而今亦然，但若領悟佛教的金錢觀，便有智慧發揮錢財的大機大用，而不會被囿於世俗的用錢態度。

近代高僧慈航法師曾在半個多世紀前，遠從南洋到臺灣，對於救助大群大陸來臺的青年僧眾功不可沒，法師不但佛學造詣好，對唯識學精研獨到，自己修持更令人讚歎，其中對於錢財毫不執著的風範，尤其有口皆碑。

據悉常有弟子因有燃眉之急，厚著臉皮向法師求助，法師從不拒絕，之後也從不追回，看他錢從右手進，很快又從左手出，口袋始終空空如也，高僧大德妙用錢財的最好風範，當如是也。

下則《星雲說偈》——「用財之道」，亦可以佐證。

始學功巧業，方便集財物，

得彼財物已，當應作四分：
一分自食用，二分營生業，
餘一分儲存，以擬於貧乏。

——《雜阿含經》

「始學功巧業，方便集財物」，一個人在世間生活，不論是做工、經商、務農或者從事各種工藝等等，從工作中賺得的錢財，應當規畫為四等分使用。怎麼運用呢？

「一分自食用」，四分之一的財利，是做為衣食住行等生活支出之用。

「二分營生業」，二分之一可以做生意，繼續投資、營利。

「餘一分儲存，以擬於貧乏」，剩下的四分之一要儲蓄，以避免貧窮乏少。儲蓄的錢，可以用以預備將來要旅行或是遭逢生病或患難，乃至預留人生無常之用，甚至也可以保留一分金錢做為佈施。

以上這是《雜阿含經》教導我們的經濟觀。此外，佛陀也說過，在家信眾如果有十分的錢財，可以用四分做為日常生活所需，二分繼續投資，二分用來儲蓄，二分做為悲敬田之用。

什麼是悲敬田呢？就是對於鰥寡孤獨、貧窮孤苦的人給予喜捨佈施。此外要供養三寶，比方贊助建設寺院、造立佛像、印經流通等等。將錢財做如此分配，就是清淨的財富、合理的財富，是佛教所認可的。

佛教徒如果賺了錢只知道儲蓄卻分文不捨，這是慳貪，有所不當；如果自己生活艱難，卻將賺得的錢通通拿去佈施，這也不如法，因為你放棄照顧家庭的責任，罔顧妻子兒女的生活需要，也是不應該。所謂佈施，要在不自苦，不惱他，即自己不為難，也不讓家人怨怪，彼此皆大歡喜的情況下，才能有大功德。

因此，在家信眾的財務分配，可以儲蓄，可以投資，但有要懂得隨喜隨力的佈施及奉養父母親友，才是合理的用財之道。

現請分享讚歎《佛光菜根譚》下篇佳作「金錢」。

黃金非毒蛇，淨財作道糧，
外財固然好，內財更微妙，
求財要有道，莫取非分財。

——《佛光菜根譚》

佛陀曾經說過：「金錢是毒蛇。」但是金錢只要取之有道，不必顧慮它是毒蛇，重要的是如何使用金錢。若只知儲存、積聚，不知修福，不知供養，即使有再多的金錢又有何益處？

一旦無常來臨、大限一到，屆時都要兩手一放離開人世，留下龐大的家產，可能還會令兄弟鬩牆、子孫爭吵，豈不枉費了一生的辛勞。

人類要在這個世間生活，日常的食衣住行育樂，無不需要金錢，有一句話說：「金錢不是萬能，但是沒有錢萬萬不能。」點出了為什麼有很多人總是「向錢看」。

錢財人人都愛，但是「君子愛財，取之有道」，金錢本身非關善惡，端看使用者如何運用它，貪求非分之財，使用非法的手段得到的金錢就是毒蛇；正當的營利所得，金錢也可以用來造福人群。

在佛門中，金錢更是弘法的資糧，一切佛教事業的推動，也必須有錢財的資助才能進行，比如設立佛學院、念佛堂、禪堂、電視臺、雜誌社、學校、醫院等；另外，在慈善救濟的事業中，金錢的救濟更是解決燃眉之急的第一藥方。

佛經敘述西方淨土，是一個黃金鋪地、七寶樓閣矗立的富麗世界；東方藥師如來的淨土，也是一處衣食豐足，物質充裕的地方，那裡琉璃為地，金繩界道，城闕宮閣，軒窗羅網，皆七寶而成。所以，學佛之人，並不是貧窮才是有道心；心中能少欲知足，不為金錢所役，有多餘的錢財樂善好施，贊助佛法的弘揚，金錢也可以造福萬方。

另外「有錢是福報，會用錢才是智慧」，有的人寧可把金錢積聚起來，捨不得用，也不肯用在自己的家人身上，或去廣行佈施、廣結人緣；好比《伊索寓言》裡面的一則故事：

有一位守財奴，變賣他所有的財產，換成了一塊金子；他把金子埋藏在一個地洞裡，並且每天都偷偷地去看它。有一個僕人，注意到他的行動，發現了地洞藏金的祕密，便將那塊金子偷了去。

守財奴第二天再去看的時候，發現金塊不見了，忍不住嚎啕大哭起來。鄰人看他這麼悲痛，問明了事情的始末，便告訴他說：「不要悲傷了，你只要去拿一塊石頭，用金紙包起來，依舊將它放在洞裡，心裡想著那是金塊就好了呀！這樣與你擁有真正的金塊，並沒有什麼不同！」

有錢捨不得用，跟沒有錢是一樣的，所以錢要用了才是自己的。除了外在有形的金錢，佛門更注重是否具備「信、戒、慚、愧、聞、施、慧」等法財的擁有。因為這些法財是任何人都偷不走的。

【延伸閱讀】

（一）

金錢可以買到奴隸，但買不到人緣；金錢可以買到群眾，但買不到人心；

金錢可以買到魚肉，但買不到食欲：金錢可以買到高樓，但買不到自在；

金錢可以買到美服，但買不到氣質；金錢可以買到股票，但買不到滿足；

金錢可以買到書籍，但買不到智慧；金錢可以買到床舖，但買不到睡眠。

（二）佛教並非全盤否定金錢，對於取之有道的金錢，稱為淨財；淨財可以推動各種事業的發展，使社會安和樂利。

二、改行換業不難成　執迷殺生最可悲

【摘要】

濟州梁山泊邊石碣村住有阮氏三兄弟，日常只打魚為生，亦曾在泊子中做私商勾當。一個叫「立地太歲」阮小二，一個叫「短命二郎」阮小五，一個叫「活閻羅」阮小七，被吳用說服而參加生辰綱的搶劫，後來也到梁山泊……（第十五

回）

【佛法解說】

捕魚為生也算殺害生命，違逆眾生平等，侵害生命莊嚴的佛教殺生戒。佛教主張殺害人畜等一切有情眾生的性命都是犯戒，在十種惡業中以殺生為首，故在五戒中也以殺生罪最重，大乘佛教為了避免殺生，而禁止肉食，更進而鼓勵信徒放生。

打魚跟打獵一樣，殺害魚畜生命，如想改行換業，不是即刻可行，但可以逐漸改道，越早越好，如下則《法句譬喻經》記載：

從前，佛陀在王舍城時，城外五百里遠的山中，住著一戶專以打獵為生的人家，他們信奉的是鬼神，而不認識佛法。

佛陀為了度化他們，便來到他們的住處前，坐在樹下。當時，男子都已出外打獵，只有婦女在家。她們見到佛陀的光明身相，以為佛陀是一位神，都很驚喜的來禮拜佛陀，並且準備供養佛陀飯食。

佛陀告訴她們殺生的罪過和仁慈護生的福報，她們聽了都很歡喜，要以肉食來供養佛陀。

佛陀說：「依據佛法，是不可以食肉。我是吃過飯後才來的，妳們不必為我準備東西。在世間上，能吃的東西太多了，妳們為何不吃一些有益身心的食物，卻要打獵殺生？人食五穀，應當憐憫眾生，它們也很愛惜自己的生命，妳們殺害眾生來養活自己，死後會墮惡道的。只有慈悲不殺生，才能安穩無患。」

於是佛陀即說偈言：「為仁不殺，常能攝身；是處不死，所適無患。不殺為仁，慎言守心；是處不死，所適無患。垂拱無為，不害眾生；無所擾惱，是應梵天。常以慈哀，淨如佛教；知足知止，是度生死。」

佛陀說完後，有些男人打獵回來了。由於婦女們在聽佛法，都沒來迎接，這些男人很驚疑的丟下獵物，跑回家中。直到看見他們的太太，都坐在佛前合掌聽經，就很生氣的想毆打佛陀。

這些婦女看到她們的丈夫那麼生氣，就勸告他們說：「這是一位神人，你們不要無禮亂來。」這些男人在悔過後，向佛陀頂禮。

佛陀重為他們解說殺生的罪過，仁慈不殺的好處。他們瞭解以後，都跪在佛前說：「我們生長在深山中，以打獵為生，罪過已累積如山，要用什麼方法，才能免除我的罪報？」

於是佛陀即說偈言：「履行仁慈，博愛濟眾；有十一譽；福常隨身，臥安覺安，不見惡夢，天護仁愛，不毒不兵，水火不喪，所在得利，死昇梵天，是為十一。」

佛陀說完後，這裡的男女大小，都很歡喜的信奉佛法，也都受持了五戒。佛陀告訴王舍城的頻婆娑羅王說：「你提供土地和糧食種子給他們，讓他們種田吧！這樣仁政廣施於人民，國家才會興盛安寧。」

有人由於不願殺生，但又無法改換職業謀生，進退兩難下，竟做出傻事，輕易結束了自己生命，真正愚癡，同樣犯下殺生戒，不值得擊掌。

如《阿含經》記載：從前，離竹林精舍不遠的村子裡，住著一位十分殘酷且鐵石心腸的殺豬屠夫，他的名字叫做純陀。他屠殺豬仔時，都先加以凌虐。他從事殺豬業已經很多年，但從來沒有做過任何的功德。

臨死前幾天，他異常地痛苦，所以不斷地掙扎，同時連連發出豬叫般的尖叫聲，並且像豬一樣，滿地打滾。經過一星期的精神和肉體折磨後，他終於喪生，並且墮入地獄道。

一些聽見純陀發出像豬尖叫聲的比丘，以為純陀正忙於宰殺更多豬仔，他們認為純陀是一個非常殘忍、邪惡的人，沒有一絲一毫的慈悲心念。

佛陀說：「比丘們！他不是在宰殺豬，而是自食惡果啊！由於臨終時忍受巨大的苦痛，他的舉止十分異常。現在他死了，並且已經墮入地獄道。」

佛陀最後說：「作惡的人一定會在今生與來生自食惡果，惡業不可逃避。」

三、偷盜行為　古今不齒

【摘要】

北京大名府梁中書，收買十萬貫金珠、寶貝、玩器等物，送上東京與他丈人蔡太師慶生辰，早晚都要經過許多曲折高低等不安定的密林小徑，這些不義之財，早被晁蓋、吳用、劉唐和阮家三兄弟等人算計去搶劫，後來果然如願以償。

（第十五回、十六回）

【佛法解說】

這是黑吃黑、以暴制暴的下三濫作風，犯了嚴重的「偷盜」戒。梁山泊一夥人從此全都幹這種勾當，他們全屬雞鳴狗盜、殺人不眨眼之徒……。

依佛法說，偷盜意指不與取，乃力取或盜取、搶奪他人的財物。在身、口、意十種惡劣行為中，與殺生、邪淫同樣屬於身體造業，佛戒嚴格禁止，若犯偷盜時，嚴重者如盜五錢以上，則犯波羅夷罪（如斷頭的重罪）。在十惡、五戒中，僅次於殺生的重罪，依《舊華嚴經》載，偷盜罪會令眾生墮於三惡道，若出生人道時，亦必遭受二種果報：一為貧窮；二為失財不得自在。

又《大智度論》也說貪圖不義之財該承受以下十種罪過：

（一）原來的物主會經常生氣。

（二）疑心重重。

（三）事出突然，預先不能推斷。

（四）好像與壞人為伍，遠離了善友與賢人。

（五）破壞善舉。

（六）被官府治罪，公開懲罰。

（七）財物會行蹤不明。

（八）會種下貧困潦倒的業因。

（九）死後會下地獄。

（十）如再度出生為人，即使拼命工作，辛苦賺些財產，終究會變成五家

（官府、賊子、水災、火災和敗家子）的共有物，即使不會被貪官污吏、賊子或水火之災所奪，也會被自己的愛子敗光；自己用不到，甚至原封不動消失殆盡。盜賊行為雖屬身業，但起因於心念不正或愚癡，如下則《百喻經》載：

某年，釋尊在舍衛國的祇園精舍對群眾說法。且說某村民共同從外邊偷牛回來一齊吃了。牛主人追蹤而來，自然跟村民起了爭執。

牛主人首先發問：「你們全是住在村裡的嗎？」

「不是，我們不是村民。」

「這個村子有池塘吧？大家在池畔吃了牛肉吧？」

「村裡沒有池塘。」

「池畔上有樹林吧？」

「沒有樹林。」

「這個村子總有東邊吧？」

「沒有。」

「偷牛的時候，不是在大白天嗎？」

「沒有白天的時候。」

「縱使諸位不是村民，又沒有樹木，但是，天下之大，不可能既無東邊的方位，也無時間的地方。你們所說的，一點兒也不足信。我的牛一定是你們偷的。」

村民也就不得不承認了。

又有禪師下段公案，寓意指愚昧之舉，令人捧腹。

某禪師有很多弟子，某日發現禪院內東西被偷了，所有弟子都否認是自己偷的。為了弄清事實真相，禪師召集弟子一起，發給每人一根同樣長的木棍，說：「你們都把自己的木棍保管好，明天早上還給我，小偷的木棍會比別人的長出一寸來。」

偷東西的弟子怕被人發現，夜裡悄悄將自己的木棍鋸掉一截。

次日大家把木棍都交出來，偷東西的弟子一看，只有自己的木棍比別人短一截，他羞愧地哭了。

偷盜心態雖然錯誤，必有其壞因壞緣所致使，倘遇善知識善巧方便，予以教化指點，也能使他由迷轉悟，改邪歸正。

不明佛理的人，只知盜賊是行竊日常生活上的錢財貨物，這是舉世公認的缺德行為，當然要受法律應有的制裁，若能從佛教高度看，即使他（她）能逃掉法律的懲罰。卻難逃因果的責任，今生不受，來生必受……

再說人類身上也有六個極難制伏、貪婪極強的盜賊，時時刻刻都在行竊，使人無法自在生活，這要靠佛法的智慧始能對治。

下則《星雲說偈》——「六個盜賊」，便是最好詮釋與佐證。

六根門頭盡是賊，晝夜六時外徘徊；
無事上街逛一回，惹出是非卻問誰。

——《古德》

這一首偈語是說，我們人的身體就像是一個村莊，裡面住了六個盜賊、即眼、耳、鼻、舌、身、意。這六個盜賊把我們人體的村莊，弄得非常不安寧。

眼睛喜歡看一些不正當的事情，耳朵喜歡聽一些不正常的聲音，可以說眼耳鼻舌身意每天都是在犯罪，「六根門頭盡是賊」，六根就像小偷一樣，專門把人們的功德都搶劫一空。

「晝夜六時外徘徊」，所謂晝夜六時，在印度，一天叫晝夜六時，晝三時是初日分、中日分、後日分，夜三時就是初夜、中夜、後夜。在晝夜六時當中，這六根的盜賊都在外面徘徊，不肯回家，不肯安住在我們身體之內，總是興風作浪。

「無事上街逛一回，惹出是非卻問誰。」有一則故事說，有一個道士，他所收的徒弟，經常學道未成就下山回家，有一天，他又收了兩個小徒弟，便帶到深山裡，讓他們不受外界誘惑，好好修道，一過十幾年，道士心想，我這兩個徒弟的功夫，不知到了何等境界，會不會受到社會的誘惑呢？於是，便把他們帶到街上遊歷。結果，徒弟一到了都市，眼睛就不斷盯著街上的女人猛看。

師父說：「不要看，那是吃人的老虎！」晚上回到山上，師父問徒弟：「今天到都市遊歷，什麼最好看？」兩個徒弟不約而同的回答：「吃人的老虎最好看！」

由這則故事就可以知道，一個人好色、貪戀世間，這是本性，我們如果不管理好自己的六根，這些盜賊是會作亂的。

修行，就是要守住這六根的門戶，不讓六根任意妄為，所謂「六根清淨方為道」，這也是修道最簡便的法門。

又禪門的教化也很活潑與善巧，例如以下兩則公案。

（一）

石屋禪師外出，碰到一位陌生人，暢談之下，不覺天色已晚，隨即投宿旅店。半夜，石屋禪師聽到房內有聲音，就問道：「天亮了嗎？」

對方答道：「沒有，現在仍是深夜。」

石屋心想，這個人能在深夜一片漆黑起床摸索，一定是個見道很高的人，或許還是個羅漢吧？於是便開口問道：「你到底是誰？」

「是小偷！」

石屋：「喔！原來是個小偷，你前後偷過幾次？」

小偷：「數不清。」

石屋：「每偷一次，能快樂多久呢？」

小偷：「那要看偷到的東西價值多少。」

石屋：「最快樂時能維持多久？」

小偷：「不過幾天，過後仍然不快樂。」

石屋：「原來是小賊呀，為什麼不做一次大的呢？」

小偷：「你也是同道嗎？你又偷過幾次？」

石屋：「只一次。」

小偷：「只一次？這樣夠嗎？」

石屋：「雖只一次，可是終生都受用不盡。」

小偷：「這東西是在哪裡偷的？能教我嗎？」

石屋禪師一聽，便伸手揪往小偷的胸部說：「這個你懂嗎？這裡是無窮無盡的寶藏！你把一生奉獻在這裡，終生都會受用無窮！你明白嗎？」

小偷：「好像懂，又好像不懂，不過這種感覺卻蠻舒服的。」

後來，這個賊皈依了石屋禪師，成了一個禪者。

（二）

不論晴天或風雨，不論早晨或黃昏，總有一位年輕和尚，默默地站在大樹下托缽化緣。儘管路口霓虹閃爍、車馬喧囂，他總是緊閉雙目，紋絲不動地佇立著，他的神態與毅力，深深地令人折服。

樹下常有兩、三位蓬頭垢面、敝衣襤褸的小孩在追逐嬉戲。有一次，兩個小孩竟公然竊取和尚缽裡的緣金，可是和尚卻視若無睹。

其實，小孩的偷竊行為並非「偶然」，而是一種「習慣」。和尚的緣金竟成了他們固定的一種收入。

幾天後，那位和尚仍然默默地站在那兒化緣，但旁邊多了兩位小沙彌。原來竟是那兩位偷竊緣金的小孩。

四、人生當水喻　獨創最睿智

【摘要】

住在石碣村的阮氏三兄弟一向靠打漁為生，深知水性，水底功夫了得，曾有官兵去追捕吃盡苦頭，敗興而歸，又有潯陽江橫行的張橫、江州做買賣牙子張順兄弟，此二人水上水下功夫同樣非比尋常，張順被稱為「浪裡白條」，能在水底下伏得七日七夜，水裡行一似一根白條，真是非同小可……他們全是水上討生活的漢子……。（第十五回、三十八回、四十一回）

【佛法解說】

表面上，他們雖然在水上水下生活幾十年，理所當然會游泳和潛水，也算略知水性，但嚴格說，對水性的全盤瞭解尚有一段長距離，遠遜於現代人對水性的深入研究與理解。佛經也記載佛陀曾把人生譬喻為水，可知佛陀也洞悉水的特性變化，始能巧妙地藉水做出生動的譬喻。請讀《增一阿含經》下則記載：

某年，釋尊在舍衛國的祇園精舍對群眾說法。有一天，釋尊在大庭廣眾之前，舉出下面的譬喻來解釋人生問題。

「我現在為你們說明『七事的水喻』。為什麼它會像人生呢？且聽我解說：七事水喻是這樣的——有人深入水底，有人暫時從水裡出來，又沉入水底下。有人從水中出來，觀望四方；有人只從水中探頭出來。有人在水裡漫步，有人從水中出來，想游到對岸上。有人已經抵達彼岸了，諸如此類，眾生在水中有七種不同的境遇。

第一種人是，深入水底一直無法出來，這就像幹了不善行為，全身充滿惡事，不論經過多少年，也不能治療惡業的人事。

第二種人是，一度從水裡浮出水面，又再沉溺下去，正像信念非常淡薄，即使抱著善良精神，也因極端微弱，譬如身、口、意在善行。同時，身、口、意也在造惡業，以致身體毀損，生命終了後，出生在地獄的人。

世上有人既有信念，又滿懷善良的精神，可惜，終身只知墨守其信念與善根，而不肯進一步修持善法，這種人死後會出生阿修羅界。他們猶如浮出水面，盼顧四方的人。

世間有人既有信念，又肯努力，了斷貪、瞋、癡，也不會退轉，而成就無上道。他們猶如從水裡浮出水面的人。

在水裡游行的人，就是在世間既有信念，又肯努力，除了常常心存慚愧之外，也能了斷貪、瞋、癡，他們出生此世，正想切斷現世的苦惱。

有人正在游水，想要游到對岸上，他不但有信念和慚愧心，也肯努力精進，切斷貪、瞋、癡、慢和疑等五結，體會了第三阿那含的覺悟，滅度後也不再投生到這個三界裡來。

第七種人是已經到達對岸了，他們既有堅強的信念、努力和慚愧心，斷絕三界裡一切煩惱執著，又沒有任何過失，成就清淨行，完全修完一切的行，不再到三界裡承受苦惱，而到達『無餘依涅槃』的覺悟彼岸了。這些叫做『七事水喻』。」

凡聽到釋尊這段水喻的人，都歡喜地發誓要實行。

科學家說，地球約有百分之七十點八的面積為海洋，平均深度為三點七公里，如再加上內海、湖泊和冰河等，水的面積更高達地球面積的百分之七十四點三五。據悉形成生命的細胞是出自海洋，因此，水是生命的泉源，人體也有百分之七十是由水構成的。

眾所周知，海水全是鹹的不能飲用，幸靠太陽高照能將海水蒸發，變成雨水降落地面，有些滲入地下，有些流入湖泊河溝，最終全都匯入大海，由此可知海洋的鹹水變成淡水落到地面，始得滋潤萬物，讓萬物生長茁壯，當然包括陸地上的動物和植物，尤其是人類必須靠淡水生活，所以水的功能奧妙譬喻人生的無常變化是可以理解的，令人讚歎的。

日本LHM綜合研究所所長江本勝博士，費時十多年以波動測定法進行水的研究，結果又從水結晶照片中發現許多水的訊息。他在《生命的答案，水知道》裡說，天然水展現的結晶遠比自來水來得美麗，而且水會聽音樂。

他說：「聽到貝多芬『田園交響曲』的水，呈現結晶正如明朗爽快的曲調般美麗而整齊。遇上對美充滿深刻祈望的莫札特『四十號交響曲』，結晶體也竭盡全力的呈現華麗的美感……。相對的，讓水聽充滿憤怒及反抗語言的重金屬音樂，結晶呈現的全都是凌亂毀損的形狀……看到『謝謝』的水，呈現的是清楚而美麗的六角型結晶；看到『混蛋』的水，呈現的結晶則和聽到重金屬樂時一樣，是細碎零散的結晶。」

最後，摘錄星雲大師一段法語：「水能懂得人的心念，也會閱讀文字；水既是生命的泉源，不只有著變化多樣的面貌，它更有生命力與情感。」

一言以蔽之，阮氏和張氏兄弟們對水性的認知只有粗淺程度，肯定無法洞悉水與人生的奧妙關係如此密切和深厚。

五、神通與咒語　妙用有上限

【摘要】

公孫勝的道號為一清先生，自幼好習鎗棒，江湖上稱他「入雲龍」，人但呼為公孫勝大郎，因學得一家道術，善能呼風喚雨，騰雲駕霧。加入梁山泊後，曾在某次戰役中，親自到前線手持松文古定劍，口中念動咒語，喝聲道：「疾」，便能攻破敵方天昏地暗的妖魔鬼怪，以至獲得全勝，係梁山泊陣營中惟一的出家道士。（第十五回、六十回）

【佛法解說】

上文點出神通與咒語的特性與妙用。

佛教也有神通與咒語，但詮釋及其用處與外道不一樣。看在佛教徒眼裡，道士即屬外道，他們的道術與咒語恕不贅述。神通在佛教裡不太重要，主因是神通抵不過業力，絕非如外道的道術那樣無所不能、偷天換日、沒有極限……。

下則記載便是佐證，摘自《法句譬喻經》無常品，大意是：

從前，佛陀在王舍城的竹林精舍中說法。當時有梵志兄弟四人，各自修得五種神通，但是七大後，命中註定都要死去。

他們彼此議論說：「我們有五種神通力，能翻天覆地，移山倒海，無所不能，怎麼不能避免死亡？」

其中一人說：「我可以逃入大海中，無常殺鬼怎能知道我在那裡？」另一人說：「我可以鑽入須彌山裡，無常殺鬼怎能知道我在那裡？」另一人說：「我可以隱藏在虛空中，無常殺鬼怎能知道我在那裡？」另一人說：「我可以藏入市集人群中，無常殺鬼只要殺一個人就夠了，何必來找我？」

四人說完後，就一同去向國王辭別說：「我們的壽命只剩七天，現在正要逃命，希望能夠脫逃無常殺鬼，再回來拜見您。」七日後，四人各自命終，並且有人向國王報告，有一個梵志死在市集裡。這時，國王才想起梵志四人說：「四人逃命，如今一人已死，其餘三人，豈能獨免？」

於是國王到精舍拜見佛陀，問說：「佛陀！最近有梵志兄弟四人，各修得五神通，因自知壽命將盡，都逃避起來。如今不知他們是否已逃過死劫？」

佛陀告訴國王：「人生有四事不能逃避：一者在中陰中，不得不受生；二者已生，不得不受老；三者已老，不得不受病；四者已病，不得不受死。」於是佛陀即說偈言：

「非空非海中，非入山石間；無有地方所，脫之不受死。
是務是吾作，當作令致是；人為此躁擾，履踐老死憂。
如此能自靜，如是見生盡；比丘厭魔兵，從生死得度。」

國王聽完佛陀的開示，讚歎的說：「太好了！誠如您的教誨，梵志四人欲逃避死亡，但其中一人已死，其餘三人也無法倖免！」當時國王的群臣聽了這番話，莫不信受佛陀的教導。

不明佛理的人，乍聽神通與咒語，立刻聯想到《西遊記》孫悟空的騰雲駕霧，咒語一念有七十二變化。佛教固然有神通，但活用態度非常慎重，不得已才使用。佛教神通是指修持禪定之後，而得到一種超乎尋常，無礙自在的不可思議力量，佛經記載神通有以下六種：

（一）**天眼通**——這是超乎肉眼的能力，極大極小或極遠極近都無須戴望遠鏡與顯微鏡，照樣看得一清二楚。如有此天眼通者，可以超越一切阻礙、隔絕，而能看透牆壁、山峰，明白牆那一邊、山那一頭的情狀。不論多麼黑暗的環境也視同白晝一樣，毫無障礙。而且不但能看見人類生存的世界，亦能看見其他世界的活動情形。總之，是一種視覺上無拘無束的自在無礙力。

（二）**天耳通**——不論多麼遙遠的聲音，對天耳通者好像耳邊交談一樣清楚明白，他們也能聽懂任何外國語言，甚至飛禽走獸的鳴叫聲也能聽懂其中的意思。

（三）**他心通**——他心通者對於別人的起心動念都能瞭若指掌。例如某人有什麼善念、歪主意，他心通者都一清二楚。

（四）**神足通**——神足通者能變化自在，可將一個變成無數，同時也能將無數變成一個。遠處即是近處，近處就是遠處，來去自如，入水火、入地底易如折枝，要顯要隱，連山河石壁也無法阻擋，完全超越空間限制，真正通行無礙，隨心所欲。他們甚至可伸手托住日月，對於外境能隨心所欲，沒有障礙。

（五）**宿命通**——宿命通者不僅能記得今生今世的大小事情，連累劫以前的塵封往事，彷彿昨日那般清晰；不僅洞悉自己的過往，連眾生過去世的宿命詳情也能明白；某人去世了，將承受何種業報？出生於那一道也能知曉。

（六）**漏盡通**——這是指斷煩惱、了生脫死，不再受生於迷界的神通，係究竟的神通。前述五種神通不一定修行人才具備，連鬼、魔、神仙等也能修得，但他們仍難免於煩惱煎熬，輪迴痛苦，故屬不究竟神通。可見只有漏盡通始得了生脫死，只有佛和聖者阿羅漢才能證得，凡夫和魔鬼是無法取證的。

除上述以外，《大乘義章》將神通分為報通、業通、咒通和修通等四種；《宗鏡錄》更將神通分為以下五種：

（一）**道通**：從修道而證得，證悟中道實相的真理，以無心應萬物，對宇宙人生的一切人情事理都能通達無礙，住於無住中生死自如。

（二）**神通**：從修習禪定而得來，如阿羅漢具有洞察諸法，通曉眾生宿命的能力。

（三）**依通**：依據神咒，神藥而得到，如道士、術士們撒豆成兵，呼風喚雨的功夫，土遁、水遁的隱身術，倘若使用不當，易成危害生靈的巫蠱妖術。

（四）**報通**：為業招感的神通，如鬼道眾生有疾行如風，穿牆無阻的能力，如鳥飛在空中不會墮落；魚游水中不滅頂等，都是牠們業報不同所招感的神通。

（五）**妖通**：即是妖怪的神通，如千年修得的狐狸精，能變化成人形擾亂世間，千年古木吸收日月精華會成神，亦有妖通作怪。

星雲大師說：「所謂神通，或由證悟中道而得、或由修禪定而得、或從法術、或從業報、或從神咒而取得，有好有壞，層次複雜，種類不一。而究竟的漏盡通，充滿智慧的道通，才是我們取證的對象，有了漏盡通、道通，我們就能脫離生死煩惱，而不為生死煩惱所縛，住於涅槃寂靜而不著於涅槃之樂，離於二邊，常行中道。」

林林總總的說，神通不失為弘法時的方便善巧，亦是亂世裡的救星與期盼，事實上，每個人都能證得神通，只要依教奉行，精進修持即可。

佛陀時代也有少數佛弟子採用咒術力達到驅邪、避凶趨吉的目的，但為佛所不許。佛滅後，佛教徒份子漸漸複雜，其中有些原本外道咒術師，皈依三寶出家為比丘，有時亦用咒術治病，但佛教原則上仍不重視咒語的使用。

法鼓山創始人聖嚴法師說：「以同一種特定語句反覆持誦，便會產生咒的力量：其中固然有代表神明的靈力，重要的還是持誦者心念集中之力，持咒者持誦越久，效驗越強，如能專心一致，反覆持誦同一咒文也能達成統一身心，從有念而至無念的禪定效果……主要是因持咒兼帶持戒、修定，產生慈悲心與智慧力，必能去執著而消業障，結果也能感通諸佛菩薩的本誓願力。」

事實上，不用梵文直譯，而改用漢語義譯，如「南無佛陀，南無達磨、南無僧伽」，便是皈依三寶的梵語，如果持誦「南無觀世音菩薩」，便成為語意明白的咒語。

總之，咒的作用仍被人肯定，它是用特定音符和語句所組成的符號，代表特定神明或佛菩薩的尊稱或力量。

請一同玩味以下兩則佛經記載，必能更明白咒語的內涵。

（一）

某年，釋尊在舍衛國的祇園精舍對群眾說法。從前有一位長者，自誇能用咒語在航海時操縱船隻的航行。倘若在海上遇到浪水漩渦或激盪，也能巧妙制止，化險為夷，他花言巧語，打動人心，公然表示海上的任何意外，都能迎刃而解，不須操心。

有一次，他參加商隊，出海去尋寶。途中，船長暴病死了，平時崇拜長者法力無邊的商人，就推舉他為船長。不久，船果然遇到潮流激盪，長者仍然高談闊論，表示要這樣操縱船隻……不料，只見船一直隨著漩渦打轉，寸步也不能前進。在緊要關頭時，他仍說咒文能任意操縱船行，現在一點兒也沒有作用。結果，全船的商人，也跟船隻一塊兒葬身到海底下。《百喻經第四》

（二）

舍衛城裡有位富有的女士，是裸形苦行者潘諦格的信徒。她的強烈信仰，使她對潘諦格就好像對待自己的兒子。她有很多的街坊和朋友都是佛陀的信徒。這些朋友經常到祇樹給孤獨園向佛陀頂禮問訊，聽佛說法。每當她聽到這些朋友稱讚佛陀時，她也想去向佛陀頂禮問訊，聽佛陀開示，但幾次都被潘諦格阻止。

既然無法親自前往，她就要兒子去請佛陀到家裡來接受供養。她準備了特別的食物，供養之後，佛陀宣說隨喜。第一次聽到佛陀用宏亮的聲音宣說奧妙的佛法時，她的身心充滿喜悅，並不自覺的喊著：「說得好！說得好！」

隔壁的潘諦格聽到她喜悅的呼喊聲時，想道：「她不再是我的弟子了！」他憤怒地走出他的房間，向她和佛陀咀咒，並且一路咀咒地離開她家。

這件意外使她十分尷尬、羞愧，再也無法專心聽佛陀說法。佛陀勸誡她不要理睬那些咀咒和恐嚇，應該正念現前地觀照自己的善惡行為。聽完佛陀的說法後，她證得初果。（出自《阿含經》）

六、嗜愛杯中物　懊悔一輩子

【摘要】

北京大名府梁中書收買十萬貫慶賀生辰禮物，準備送去東京，因怕用人不當，半路被賊人劫走，千挑萬選，看中一位名叫楊志的好漢負責……他們共計十一擔，揀了十一個壯健廂禁軍，以腳夫打扮和老都管等一同起程。行行復行行，一路上非常炎熱，口乾舌燥；某日來到一處松林樹下休息，剛巧有個漢子挑擔酒來賣。這時楊志雖然嚴苛禁止腳夫們喝酒，以免誤了大事，奈何天氣實在太熱，他們汗水淋漓，哀聲嘆氣，苦苦要求楊志准予他們喝酒解渴，楊志只好准了，而他自己也口渴難熬，喝了半杯，不料十五個人只覺得頭重腳輕，一個個面面廝覷，都軟倒了……原來酒裡放有蒙汗藥，會令人頭暈腦脹……結果生辰慶賀金被賊人劫走，楊志喝得少些，醒得也快些，眼見大勢已去，懊悔自己破壞自己

擬定的禁酒規則，回去無法交待，於是想去自殺……。（第十六回）

【佛法解說】

佛家說「凡事有果必有因，無因不現果。」有人顛三倒四，認知錯亂，以致醜態百出，完全失去理智……有時是喝不良飲料，如喝酒或毒品刺激神經所引起，這是佛道行者的大忌。當年佛陀眼見少數弟子嗜好杯中物，或一時糊塗而喝了酒，結果失態得像豬狗一般，令人歧視和嘲笑，因而有了戒酒因緣。

下則《鼻奈耶》記載，寓意跟上文有異曲同工之處，值得咀嚼玩味。

當年，釋尊曾經住在舍衛國的祇園精舍。有一次，海聖者從拘薩羅國，到了嗾祇多國，該國住著一隻名叫阿末提吐的龍，這條龍兇猛殘酷，誰都不敢接近牠。當然，象、馬、牛也不敢走近，甚至連鳥兒也不敢在牠的頭上飛。

有一天早晨，海聖者披衣托缽，前往嗾祇多國的城裡討飯，他走到離都城不遠的地方，就聽說有條惡龍住在這裡。待他討飯完畢，走出城來，就直奔惡龍的住所，找到一棵樹下，盤腿坐禪。只見阿末提吐這隻惡龍，披上鎧甲，怒氣沖沖向海聖者走來，海聖者正在閉目冥想，這時候，惡龍促使雷雨交加，猛向聖者身上打去。但是，在聖者冥想力的運作之下，這陣雷雨馬上變為紅白色蓮花，而這些美麗的紅色與白色蓮花，紛紛落在聖者的身邊。

不料，惡龍羞怒交集，乃促使蛇、龜和甲魚等圍攻聖者，但是，在聖者運用冥想力以後，蛇反而變成青蓮的裝飾，烏龜與甲魚變成了百葉花瓣。惡龍馬上改變作風，怒不可遏，舞著刀鉾，猛攻聖者，結果刀鉾也變成葡萄，做為聖者的美食，這些不可思議的威力迫使惡龍陷入沉思裡了。

「這個人一定是大神人，他一定是來教導我的。」

於是，惡龍即刻鎮靜下來，拋棄憤怒之心，變化成婆羅門走到聖者面前說：「我要來皈依您。」

聖者回答：「你倒不必來皈依我，你就像我一樣，皈依佛（釋尊）、法（經典）、僧（修行者）三寶就行了。」

那隻惡龍果然遵從海聖者的吩咐，皈依三寶了，成為優婆塞（在家入佛門受戒的男眾），發誓終身不殺生。嚓袛多國的百姓聽到這個消息，無不敬佩海聖者卓越法力，而且高興以後不再受到惡龍的威脅了。

在這種情況下，不論長者或婆羅門，都爭著款待和供養海聖者，事實上，海聖者遠道來此，正是展示佛法力量的偉大人物。

海聖者接受嗏祇多國的諸位長老和婆羅門的熱忱款待和供養，不久又返回舍衛國來了。

舍衛國住有一位優婆夷（在家皈依佛法，並受戒的女眾），她聽到這個消息，也很敬佩海聖者。有一天，她想供養聖者，當他進入她的家門之後，她向聖者的腳頂禮，並用清水洗他的手，盤子裡裝滿各種佳餚，盡情款待，一會兒，聖者覺得口渴，他說：「我口渴得很，給我一杯水喝好嗎？」

優婆夷心裡想：「與其給他喝水，不如給他喝黑石蜜、葡萄酒與濃艷苦酒好些。」

於是，她把酒倒在杯子裡端給聖者，聖者以為是水，而不疑有他，乃一口氣喝下去。供養結束，他乃向優婆塞與優婆夷說法，然後離去，準備回到祇園精舍。他尚未抵達祇園精舍的大門，忽然酒性發作，迫使他寸步難行，身體不支倒在地上。連他的三衣、鐵缽和鋁杖也到處散亂，一副狼狽不堪的樣子。

因為釋尊知曉此事的前後，乃回顧阿難說：「你穿好衣服跟我一塊兒出去走一走。」

當佛與阿難走出祇園精舍的大門時，猛見不遠處躺著海聖者醉倒的樣子，連緊緊隨身的三衣、鐵缽和鋁杖全丟在地面，佛問阿難：「他是誰呀？」

「他是海聖者。」阿難回答。

佛吩咐阿難：「你回去偕同那些修行者來。」

阿難奉命返回精舍，率領諸位修行者，來到大門不遠處，佛指地上的海聖者對一群修行者說：「據說他征服了惡龍，不知你們聽說否？」

一群修行者中，有人回答親眼看到，也有人回答聽說過，佛又一面指著海聖者，一面對一群修行者說：「他現在這個樣子，連一隻蟾蜍都驅逐不了，你們認為他還能驅逐惡龍嗎？」

「世尊呵！當然不能。」修行者異口同聲回答。

佛繼續說：「可見喝酒會誤事，雖說他有能力驅逐惡龍，一旦喝醉酒，則連一隻蟾蜍也趕不走。縱使一個人進入爽朗的悟境，如果喝醉酒也照樣無補於事，諸位以後絕不許喝酒，倘若破戒喝酒，就要被驅出僧團。舉凡葡萄酒、濃甘蔗酒、濃柿子汁、濃梨子汁和濃香餌水等，全都是酒或類似酒的東西，一喝就醉，你們以後不許喝。有些即使有酒味，或類似酒物，只要喝下不會醉，則不妨喝；有些雖無絲毫酒味，若喝下會醉時，就不要喝。」

佛用海聖者的酒醉因緣，謹慎規定了禁酒戒。

竹東鎮有位彭姓男子，在竹科園區上班，平時沒有貪杯酗酒的習慣，但因參加同事們的慶生晚會，場面熱鬧，氣氛歡樂極了，在幾位好友慫恿和誘引下，他竟然貪了幾杯下肚，當時不覺怎樣，只看到自己臉頰通紅而已。散會後開車上路，途中有個轉彎死角，他一時眼花，沒看到旁邊突然來了一位騎腳車的女學生，說時遲、那時快，兩車劇烈地相撞了，只見小女倒地流血，似乎受傷很重。

這時，彭姓男子突然清醒，汗水直流，內心叫苦不迭，不久，員警來了⋯⋯最後不但賠償鉅款，還得去坐牢，因為小女傷重不治死了，不消說，彭姓男子痛苦和懊悔一輩子。

最後，請讀下則《星雲說偈》——「飲酒之害」。

飲酒多放逸，現世常愚癡；
忘失一切事，常被智者呵。

——《大薩遮尼乾子經》

這四句偈很明白的說明飲酒的害處。常有人說，喝一點小酒又不要緊，但是在佛教認為，喝酒的後果往往會很嚴重。再者，從歷史上來看，因喝酒而亡國誤事，喪身失命者，可說不乏其例。尤其現在的社會，許多人由於酒駕而肇事闖禍，不但自己喪命，也連累別人無辜枉死，這種悲劇可說不勝枚舉。

佛教裡有個故事，就是因為喝酒而把佛教的五戒：殺、盜、淫、妄、酒等戒律都違犯了。怎麼說呢？以前有個人想喝酒，喝酒要有下酒菜，剛好隔壁鄰居養了一隻雞，他就將雞偷宰了，煮來配酒吃。

正喝得醉醺醺的時候，隔壁女主人回家，發現雞失蹤了，就四處詢問，正好問到這位醉酒的人。他見女主人美貌，在酒後亂性之下，竟然非禮了對方。就這樣，殺、盜、淫、妄、酒等五戒統統都犯了。

由此可知，飲酒看起來雖然是小事，實際上卻不能等閒視之，喝酒有可能成為一切罪惡的根源。

今日的社會對於不飲酒，大家也逐漸有了一些共識。例如交通規則明令「喝酒不開車」，甚至請客時主張不敬酒、不勸酒，常講以茶代酒，以汽水代酒。不飲酒，還是先由自己做起，一個國家民族如果都不喝酒的話，每個人都常保清醒，不是很好嗎？

有些人覺得喝了酒，就能放下一切，忘卻一切事，可以什麼都不管了，但是這樣會「常被智者呵」，也就是常被智者所喝斥。故而，千萬不要因喝酒而使得自己的一生，都處在愚癡混沌之中。我們每一個人，何不都做個聰明人，絕不成為因酒誤己也誤人的愚癡人。

七、孤掌極難鳴　眾志可成城

【摘要】

梁山泊第一代首領叫王倫，乃是落第秀才，心胸狹窄，嫉賢妒能之心極強，武藝超群的林沖教頭，拿著赫赫有名的柴進的推薦函來投奔梁山泊，曾被王倫百般刁難後勉強收留。而今有晁蓋、公孫勝、吳用等人來投靠，王倫有意遣走他們另投別處，林沖怒不可遏，拔刀殺死了王倫。（第十九回）

【佛法解說】

佛教強調三世因果，每個人都有前生、今生和來生；今生的父母兄弟姐妹、親戚朋友，甚至只見過短期間，或幾次面的點頭之交，都可能是自己多生累劫中有過或深或淺、或長或短的因果關係，有的來報恩、有的來還債、有的來雪恨……既然今生有再度相逢的機緣，應該盡量結下善緣才好。

下則《六度集經》的記載，值得參究省思，大意是：

某年，釋尊在舍衛國祇園精舍對徒眾說法。

某處深山裡，住有兩隻龜王，彼此各自統領一群部下。在同一座深山裡，有一群守宮棲息，牠們爬樹墜下，墜下又攀登，這樣反覆不停，無一天安寧。一隻龜王看見，覺得住在這裡很危險，說不定那天這種災禍會降臨到牠們身上來，不如趕快逃離這裡，找個安全地方定居才對。於是牠毅然率領一群部下離去。另一隻龜王不聽牠好意勸告，仍然我行我素地繼續住下來。

大約過了十天，一隻象王率領部下深入這座山裡來，牠在大樹下休息，暫時恢復疲勞。突然，牠看到守宮照樣爬到樹上掉下來。其中一隻守宮居然掉進象王的耳朵裡，堂堂巨象也忍不住嚇了一大跳，叫苦連天，部下驚慌失措，只有來回奔跑，不知如何是好？

遭殃與可憐的是一群小烏龜，因為一群象驚怒交集地狂奔一陣，竟把一群小烏龜全都踩死了。只有龜王倖免於難，逃得一命，回想當初不聽勸告，執意要留在這裡，現在環視自己的部下全部傷亡，牠反而更懷恨以前那隻龜王說：

「你事先知道會發生這種情況，為什麼不明講呢？只顧自己逃走。現在我死了，你自己活下來，你高興了吧？在未來永劫期間，你難消我心頭的憎恨，若投胎轉世遇見你，我非殺死你不可。」

牠留下無窮怨恨死了，像這樣死於自己的愚蠢，和固執己見者，只有可悲可嘆罷了。

這隻龜王是提婆達多的前身，預知危險那隻龜王是釋尊前身，菩薩行的一時相。

可見釋尊與提婆達多的思怨是三世連貫的，所以，難得今生相逢續緣，應該要珍惜，再結善緣才對。

下則《星雲說偈》——「結緣」，應可恭讀咀嚼，必能得到受用。

生人要結死人緣，活者須參亡者禪；
莫把泥團穿一串，黑糊塗地入黃泉。

——宋・日觀

這一首偈語說明了，人除了要結生人的緣分外，也要結死人的緣。

結緣，在佛教裡是非常美的一件事情。三十多年前，我曾在一個佛教的教育機構教書，一些信徒都待我很好，有時會送我一些東西，甚至煮麵給我吃。

有一個沙彌就很天真地問我說：「老師，大家都對你那麼好，為什麼不對我那麼好呢？」因為他正在掃地，我就對他說：「你好好的掃地，我曾經掃過十幾年的地，你能掃地掃十幾年，就會有人對你好了。」

所以，結緣很重要。我不但結活人的緣，也結死人的緣分，有人過世了，我也到殯儀館太平間幫亡者誦經、超度，或亡者有未了的事情，幫他處理。

總之，對於生者、亡者，都能夠結緣的話，我們的福德因緣也就會不斷的增加。

我們生活在世間，想要參禪要修行，可以參什麼禪呢？參亡者禪。比方說，參無常觀，想到世間的一切都是無常的，眼看著他人死了，等於是自己的一面鏡子，想到光陰苦短，人生有限，所以凡事都要靠自己勤修行，學道要趁早，不要虛度光陰。

有的人在健康的時候，不會想到自己會有病，在年輕的時候，也不會預想到老年的到來，明白說，世間上沒有不死的人，死了以後，我們要到哪裡去呢？所謂「平時不燒香，臨時抱佛腳」，我們不能糊裡糊塗入黃泉，這糊裡糊塗一走，到那個時候，即使想要再做一些好事、功德，都已經來不及了。

孔子說：「三人行必有吾師。」因為術業有專攻，每個人都有一套求生本領，倘若有人比自己高明，應視他為良師益友，而親近他、敬仰他，切勿嫉妒他、憎恨他或排擠他，否則不僅給自己無窮煩惱，亦會給對方和團隊帶來莫大困擾。

總之，王倫嫉賢妒能的下場，無疑是真正的愚癡，完全昧於見賢思齊的古訓，更不懂廣結善緣，成就善業的佛教智慧。

有人說：「人比人氣死人」又何嘗不是嫉妒或愚癡的生活態度？放眼周遭，熙熙攘攘的人群中，不論智商、能力、學識、美觀、健康、財富……等千差萬別，其中比自己出色的人比比皆是，如果一味見不得人好，滿口怨言，一肚子牢騷或瞋恨，正是一種愚癡的生活觀，這會令他一輩子不得自在，不得人緣，甚至害人害己，如王倫的例子，應可作如是觀。

如果一時愚昧，不會執迷下去，還算有藥可救，這副解藥正是佛道智慧，如下則《星雲說偈》——「遠離愚癡」，不失為最好的心藥，耐心咀嚼，必能得到寶貴的啟示與警醒。

執相凡愚住惡心，彼皆無智歸六趣；

輪迴逼迫受眾苦，都由愚癡住相故。

——《大寶積經》

「執相凡愚住惡心」，凡夫眾生執著於世間的萬事萬物，每天在「我相、人相、眾生相、壽者相」裡分別，在你我他裡、在是非好壞中兜來轉去，不容易生起好的、善的念頭。

因為執著這四種相，會使自己住著在罪惡裡，不管到哪裡都是人我是非、計較比較。

「彼皆無智歸六趣」，一個人心中沒有佛法、沒有智慧、不能明白事理，終日還是生活在是非苦惱中。由於沒有修道的因緣和動力，何處是他的歸宿呢？只能在六道輪迴中流轉，為六趣的眾生。六趣，就是天、人、阿修羅、地獄、餓鬼、畜生。

你說，天界很好嗎？生天很好，但天福有享盡的時候；在人道，雖也很好，但人生不過數十年歲月寒暑，轉眼即逝；若是到阿修羅道，則心常懷瞋恨好戰，不得安詳自在。投生畜生道，被愚癡覆心，也是煩惱度日；墮落餓鬼道，不僅終日飢渴，還有大火燒身之苦；輪迴地獄，則苦楚深鉅。

「輪迴逼迫受眾苦，都由愚癡住相故」，之所以會有六趣輪迴，皆源於人心的愚癡、執著所招感的惡果。輪迴好比時辰鐘，一點、二點、三點，走到十一點、十二點又會再從頭開始；又如「一江春水向東流」，流去又會再流回來，等於置身在一個框框裡，時時刻刻受著流轉的逼迫，不得解脫。

要想遠離輪迴之苦，必須明白事理，遠離愚癡執著，才能度脫一切苦厄，超越生死大海！

八、宋江財施交友　嫻熟用錢之道

【摘要】

宋江字公明，原本是鄆城小官（押司），平時愛使鎗棒，不太愛女色，論錢財也無萬貫財產，但他仍能仗義疏財，遇有潦倒的江湖好漢，都會盡力接濟，所以被江湖人稱為「及時雨宋公明」，名氣之大，天下皆知。論武藝也只是平常角色，長相矮黑，更不是孔武壯碩型……後來因為被妻子戴綠帽，又被其用招文袋威脅，終於忍不住殺死妻子，從此開始流浪生涯，躲避官府追捕，苦悶之餘，在酒店題下反詩，終於成為重犯……走投無路下加入梁山泊，眾望所歸，便被推為

首領之一，與晁蓋平起平坐，晁蓋死後，順水推舟坐上第一把交椅的實質領袖。（第二十一回、二十二回）

【佛法解說】

不太愛女色、仗義疏財，又喜結交英雄好漢的江湖氣派，比起晁蓋可說有過之無不及，故被稱為「及時雨」。江湖流浪漢乍聽「宋公明」的名號，無不當場下跪又拜，可見宋江懂得錢財佈施結緣的意義與功能。每當他在逃亡遇險時，對方只要聽到是「及時雨」現身，必能化危機為轉機，這樣日積月累的利益，便成就他日後參加梁山泊被公推為首領的原因之一。

有人說「有錢能使鬼推磨」、「財是人的第二生命」、「錢不是萬能，但沒錢萬萬不能」……古往今來，所有社會，沒錢絕對無法辦事，但見有人竟肯大方出錢佈施，不論對方認識與否，一視同仁，實在有功德。尤其錢施給佛法僧三寶的利益更超出凡夫俗子的想像。

例如《雜寶藏經》以下的記載：

佛陀在舍衛國時期，該國有位須達長者拿出十萬兩黃金，請人皈依佛陀。當時有一位奴婢聽了這話以後，就去皈依佛陀。她死後出生到忉利天，後來又從天宮下來人間，聆聽佛陀講經說法，而證得了初聖果。

但從現實面說，佈施極難來者不拒，人人有獎；有些怠惰者常常不勞而獲，容易越陷越深，養成更怠惰的惡習，結果反而害了他，這樣佈施者得益就少了，下則《法句譬喻經》記載值得玩味和警覺。

從前佛陀在舍衛國時，國中有一位婆羅門藍達長者，財富無量。他常依婆羅門教法，作壇祭祀，以顯名譽；又佈施家財，作大法會，供養五千多位婆羅門梵志。在五年之中，供給他們一切衣食住行和祭祀供具，而這些梵志也為藍達長者祭祀求福。

在五年期滿的最後一天，成千上萬的婆羅門都來出席大會，藍達長者也以金缽盛米，象馬御車，奴婢資財等等，應有盡有的來佈施所有梵志。

佛陀見到如此場面，嘆然的說：「這位梵志長老，為何如此愚癡？他佈施的那麼多，但是所得的福報卻又那麼少。我若不去度化他，他便將永離佛道了！」於是佛陀披上法衣，化身從地面昇起，放大光明，普照大眾。此時藍達長者和大眾都很驚訝，又恭敬的頂禮佛陀。佛陀見到他們都那麼恭敬，便說偈言：

「月千反祠，終身不徹，不如須臾，一心念法。一念造福，勝彼終身，雖終百歲，奉事火神，不如須臾，供養三尊；一供養福，勝彼百年。」

佛陀告訴藍達說：「佈施有四種差別，應該注意。一者，施多得福報少，如殺生祭祀，飲酒歌舞。二者，施少得福報少，如以貪惡心，佈施無修道士。三者，施少得福報多，以慈心敬奉道人，令其精進學道，此種佈施雖少，但得福卻極大。四者，施多得福報多，若有賢者覺世無常，好心施財建立塔寺，供養三寶，其福將如河入海，世世不斷。」

此時，藍達長者和會中大眾，見到佛陀的神通變化，又聽到佛陀的教導，都非常歡喜。所有天神、人等，都得了佛道初果。五千位來應供的婆羅門，都願作沙門，也證得羅漢果位。主人藍達和家人皆受五戒，亦領悟了佛法。國王和大臣們也都受了三皈依，成為在家的佛弟弟子，而通通得了法眼。

有道是「拿人東西手軟」、「拿誰的錢，就聽誰的話」，宋江除了擅用錢廣結善緣，交到許多朋友外，更難得他也能與人和睦相處，彼此稱兄道弟，情感融洽，這是他領導梁山泊茁壯擴大的重要原因，堪稱他成就世間事業的秘訣。

現以佛教的高度看，以下兩則《星雲說偈》足以說明宋江的人格特質和處世手腕，認真參究應可契悟。

（一）〈交友〉

若人近不善，則為不善人；
當近於善人，近善增功德。

——《正法念處經》

這四句偈就是告訴我們交朋友，和人來往，應該注意對方是好人或壞人，是善人是惡人，這個要多加注意。所謂「近朱者赤，近墨者黑」，親近好人，我們就會受好人的影響，與惡人相交，必然就會受到惡人的改變，就如《菜根譚》所說：「與善人交，如入芝蘭之室，久而不聞其香，但日有所增；與惡人交，如磨刀之石，不見其減，但日有所損。」

我們交朋友、和人來往，必須慎重，要分辨善惡正邪之人。屈躬諂媚的小人，投我們所好，我們比較容易喜歡；正人君子，直言直語，反而我們不喜歡。一般人都喜歡被阿諛奉承，喜歡人家的吹捧、諂媚，然而我們所喜歡的對象，將來可能就會危害到我們的前途。

交朋友，要選擇具有誠實、慈悲、行善、友愛、厚道、寬容、勤勞、正直等品德的人，這樣才是好的朋友。如果結交到壞朋友，日久會受到惡友的牽制，乃至傷害、陷害，為了朋友，而影響我們的人生，得不償失。

就如今日的社會，朋友來借貸請你幫忙，萬一有借無還，連自己都傾家蕩產倒閉了；有的人為朋友背書、擔保，最後惹了許多麻煩，這都是交友不慎。

有時候，朋友鼓勵你投資，說得天花亂墜，怎麼樣賺大錢，可是等到真正拿錢去投資了，往往一去不回。因此，在這樣複雜的社會裡，身處在複雜的人群，你不能不慎重。

要怎麼樣慎重分辨朋友的好壞呢？誰是好人，誰不是好人，一下子也看不出來，但可以先看這一個人的品德，或者他的過去、他的歷史、他的舉心動念，是善還是不善。你與不善的人交往，你就是不善的人；你與善的人交往，你就是善人，接近善知識，你就有善的功德。

《正法念處經》的這四句偈，提醒我們要注意結交朋友的重要。

（二）〈與眾相處〉

菩薩於眾生，能為饒益事；
以清淨四攝，普遍諸有中。

——《大寶積經》

菩薩如何對待一切眾生？如何與大眾相處和諧，獲得眾人的愛戴？首先，菩薩既然稱為菩薩，菩薩都是饒益眾生，做對眾生有益的事。比方說，給人得度的因緣，或者是為人加持，消除他們的業障，給予眾生幫助。菩薩只有愛護眾生、幫助眾生，這才能稱為是菩薩。

菩薩以「四攝法」來普濟群生，令眾生受益，四攝第一是「喜捨」；第二是「利行」；第三是「同事」；第四是「愛語」。

譬如菩薩以愛語來對待我們，以愛語來讚歎我們，讚美我們很發心，成就許多的好人好事、殊勝因緣，非常的難能可貴等等，大家得到菩薩的讚美後，就更加精進努力。

又如「同事攝」，如果你是軍人，就對你講述如何做一個軍人；如果你是一個教書的老師，就告訴你如何做一個教育家。所謂的「同事」，就是依你的習慣、你的喜好，來和你來往，獲得你的認同。

此外「利行攝」，就是以幫助對方來獲得認同。當你力量薄弱，就增加你的力量；當你遇事困難，就幫你解決困難；當你想做好事，就幫助你去做好事，這就是所謂的利行。

至於「喜捨攝」，則是給的佈施。菩薩以歡喜的佈施，或語言的佈施，還有道理的佈施，以及精神力量的佈施等來給人，當然，金錢物質更要佈施。

因此，菩薩饒益有情眾生，有喜捨、利行、同事、愛語等種種方便，令眾生，都能歡喜皈依在諸佛菩薩的座下。

「普遍諸有中」，菩薩饒益眾生普遍運用在諸有情中，是人人一視同仁的，讓所有的有情眾生，都能分享到諸佛菩薩的功德利益。所以，若能成就四攝法，就能給予眾生無盡的利益。

菩薩為了度化眾生，必須善解種種的方便，就如以四攝法來攝受度生。「四攝法」不僅適用於度化眾生，即使現今的人際往來或是職場工作，若懂得善用「四攝法」，必然也能在大眾相處上和諧順利。

九、露水鴛鴦不合法　因果自負必懊悔

【摘要】

宋江的妻子閻婆惜，水性楊花，暗中私通漢子叫張三，醜事爆發後還威脅宋江，最終導致閻婆惜被宋江殺死。後宋江喝酒誤事題下反詩，於是讓宋江有了牢

獄之災，不久逃亡轉輾流浪到梁山泊。（第二十一回、二十二回）

武大郎的妻子潘金蓮私通西門慶，不久，姦夫淫婦害死武大郎，以為神不知鬼不覺，後來武松親手殺死私通的男女，替哥哥武大郎報仇。（第二十四回、二十五回、二十六回）

【佛法解說】

這是邪淫，跟配偶以外的人發生性關係，現代人稱為婚外情或小三、小王等是。這是在家居士所持的五戒之一，即在家人不可作為的惡行之一，對男性來說，指與妻子以外的女性行淫，又雖與妻子床事，但行於不適當的時間、場所、方法等，也叫邪淫。

說得更周延些男女雙方不得非支、非時、非處、非量、非理而行淫。非支，指行淫於產門以外的器官。非時，指胎圓滿時、齋戒時、生病時等不得行淫。非處，指在寺廟中，大庭廣眾前不能行淫。非量，指不能行淫過量。非理，指不依世間禮法，如自行欲、媒合他等。依佛經載，邪淫者必受現世及後世的惡報。

《地藏經》說：「若遇邪淫者，說雀鴿鴛鴦報。」

若遇到好邪淫者，來生會輪迴轉成淫鳥、孔雀、粉鴿、鴛鴦、老鴰等，牠們一雄一雌兩隻不離開，都是好淫欲的好色眾生轉生，尤其是老鴇鳥，雌雄一見面就要行淫。

現請一同恭讀《阿含經》以下幾則記載，必能得到啟發與領悟。

（一）

一名男子的妻子與人私通，他感到慚愧，因而迴避所有的朋友，甚至也遠離佛陀。過一陣子，他又去向佛陀頂禮問訊。

佛陀明白他不曾來的原因時，告誡他說：「弟子啊！不知羞恥的女性像河水、馬路、酒店、公共休息的房舍，或路邊的茶水，各式各樣的人都可以使用它。事實上，舉止隨便，不貞的女人必定會自己毀滅。」

（二）

有一位比丘得到佛陀給他的禪修業處後，到一處老舊的花園去禪修。當他正在禪修的時候，一位生性多疑的女子也來到這裡。見四下無人，只有一位比丘結跏趺坐，就想到：「我要使這比丘心思迷惑！」她於是走到比丘面前，反反覆覆的把自己的內衣退下，穿上；弄散頭髮，四處搖曳再繫好；而且鼓掌，放聲大笑。因為她的放浪形骸，使得這比丘全身思緒起伏，激蕩不已。

「這究竟是怎麼回事？」

這時候，佛陀在精舍裡，心中記掛著這位比丘禪修的進展，就透過天眼看見那女子的邪惡行為正困惑著該比丘。佛陀透過神通向該比丘說：「比丘！追尋欲樂所流連的地方沒有喜悅可言。沒有激情的人所聚集的地方則充滿喜悅！」佛陀並且放光，示現在比丘面前，向他說法，這比丘因此證得阿羅漢果。

（三）

有位比丘在城裡專為比丘興建的休息處進食。吃完後，他到一戶人家去向一位年輕女子要水喝。這女子一眼接觸這位年輕比丘時，就深深愛上他，為了贏得他的歡心，她邀請比丘，只要口渴，隨時都可到她家來要水喝。不久，她更進一步請比丘到她家供養。她告訴這比丘說，她想要的東西都不虞匱乏，但卻總是覺得孤單寂寞。比丘明白她話中的含意，也發現自己愈來愈迷戀她，於是非常厭煩出家的修行生活，而日漸憔悴。其他比丘就向佛陀報告這件事。

佛陀告誡他：「比丘！仔細聽著，這年輕女子將是你毀滅的原因，一如在過去某一世時，她的所作所為一樣。你是一位優秀的弓箭手，她是你的妻子。有一天，你們一起外出旅遊時，碰見一夥搶匪。她卻愛上搶匪頭目，所以當你正與搶匪頭目奮戰時，她卻把你的劍交給搶匪頭目，而讓他迅速殺死你。她就是你喪生的原因。現在，她將毀滅你的修行生活。比丘！徹底拔除、消滅你心裡對這女子的慾望吧。」

這比丘從此努力精進，積極地淨化心念，希望能夠如實證悟佛法。

事實上，性慾是人類不學而會的本能，可說是一種原始的、初級的生物性慾望，它也是人類繁衍後代的惟一動力，但人類為萬物之靈，卻能靠自己的理性來自制、昇華，或引導這股強烈的天賦潛力，而不能一直或一輩子停留，甚至執迷下去。所以，佛教不是一味排斥它，若有人無法依教奉行，不妨用白骨觀來對治。

有一則摘自《阿育王經》的故事，大意是：

摩偷羅國有位修行者，依止在法師——優婆笈多的門下。他從師父那裡習得不淨觀，就是把招致煩惱的對象，觀想看成不純淨的東西，藉此斷絕煩惱。師父不斷指導他這種修行方法，總算得以暫時沒有煩惱，他自以為證悟了，所以不再力求精進。師父很擔心地勸戒他：「你心有懈怠，不再求精進，那怎能證得菩提呢？」

不料，這個修行者前後判若兩人似地，趾高氣揚，憤恨不平地回答：「我已經證得阿羅漢果啦！」

師父說：「那是因為你還不知道乾陀羅國那個酤酒女人，才會說這樣的話。她還沒有斷絕煩惱，就滿懷高傲心，一直想證得阿羅漢果，你跟她同一心態。」

雖然，師父慨嘆這類人的愚癡，事實上，到處可見這樣的女人。卻反而引起他的好奇，總想找機會看看如此趾高氣揚的女性。因此，他乃向師父表白心意：「這樣的女人到底怎麼樣呢？百聞不如一見，我想親自會見她，好嗎？」

師父答應了。他立刻啟程，行行復行行，才進入肯達拉國。當晚，他住在土石寺裡。次晨，他搭上法衣，行腳到該部落，挨家挨戶托缽。不久，他到達那個女人的家門前。片刻，她手上拿著供養物，慢吞吞地走近修行者，修行者一看見她，竟然發呆了。她伸出柔軟的手，把供養物呈獻給修行者時，露出雪白的牙齒微笑著。修行者一向心意堅決，此時竟融化在熾烈的淫念中，神魂顛倒，慾火中燒，也啟齒微笑。不自覺將缽裡的牛奶及麥粥，雙手遞給了她。同時，他多年的修行功夫也就消失蕩然無存了。

幸好，在緊要關頭，她忽然靈光一閃，說出了反省的話，鏗鏘有聲：「阿闍黎（教授弟子的高僧），請你別碰我的手，也別聽我的聲音。」

修行者一聽，愕然片刻，然後才離去，內心一直羞愧不已。此時，他突然把她那柔和的笑臉，引入不淨觀。最後，她那苗條與美麗的形象，也成為一副醜陋白骨。

修行者修至白骨觀的造詣，才證得阿羅漢果。他誠心懺悔，並作一首偈文：「如果外表好看，傻瓜只會一味沉迷執著。內在醜陋，聰明人仔細觀察，也能得悟。此後應該把對方的人身，看成不淨不潔。久之，呈現實相，才能達到解脫的途徑。」

這時候，修行者又回到師父身邊。

師父問他：「你看到卡拉瓦紐了嗎？」

「弟子見過她了。」修行者以好像凱旋歸來的喜悅樣子，而且無限歡喜的回答。

「好極了，你該做的事到此為止。」之後，師父才進一步指導他。

十、天網恢恢　疏而不漏

【摘要】

張青原本是孟州光明寺種菜園子，因為一時小事爭執，怒不可遏，乾脆把這座光明寺僧眾殺了，放把火把寺燒成白地……開始在此做搶劫勾當……後來娶妻叫做孫二娘「母夜叉」，開家酒店做殺人生意，以人肉做饅頭，或把人肉當黃牛肉上桌供應顧客。（第二十七回）

【佛法解說】

真是駭人聽聞的愚昧之舉，膽敢殺死修行僧眾，燒毀寺廟，光是這件事就足以令他死後墮入三惡道——畜生、餓鬼和地獄道，恐怕他多生累劫的一切功德善行都要毀於一旦？總之，凡是謾罵聖者或三寶都難逃惡報。

如藏傳《百業經》下則記載，大意是：

當佛陀在舍衛城的時候，有一個正在地獄受苦的怪物。牠的軀體龐大，沒有雙眼，全身潰爛，潰爛處還有許多小蟲不停地吸食，真是苦不堪言。當牠跑到平原時，有獅子、老虎、豹子、大熊等用鐵嘴一塊一塊撕咬他的身體。而當牠跑到河裡時，又有鐵嘴大鯊魚與毒蠍子吃牠、咬牠。即使飛到空中，也有鐵嘴老鷹、烏鴉、貓頭鷹等爭相啄食牠。

牠無法忍受地跑進森林，頃刻間森林全變成鐵刺林，佈滿劍、矛、弓等尖銳兵器，一一刺向牠，全身被刺得千瘡百孔；跑到角落或山洞裡，又有業力所現的惡人手拿著刀、矛、劍等各種武器攻擊牠。牠四處跳竄，無處安身，到處奔跑，到處受害，身心痛苦不堪，大聲嚎叫。

這時，釋迦世尊觀察舍衛城的人民，發現應當用「使他們生起厭離心」的方法來教化他們，於是以神通力把這隻怪物從地獄裡勾召到人間，讓牠出現在舍衛城邊的康丹河內。

由於這隻怪物的業力不可思議，使牠到了人間還是受著地獄裡的痛苦。牠四處奔跑，無論躲到哪裡，都被各種野獸追咬、啖食，還被各種惡人以兵器窮追猛打，牠痛苦得大聲哭喊嚎叫。

淒慘的叫聲大到全舍衛城的老弱婦孺都能聽到，一下子城中的居民全都跑來，親眼看到這隻來自地獄裡的怪物，所遭受一幕幕極為痛苦的慘景，他們皆覺得不可思議，互相揣測討論：「這到底是什麼業緣？這到底是什麼果報？」

這時，世尊要阿難聚集比丘們一起前往康丹河邊。人們遠遠地看到佛陀向康丹河邊走來，他們更是七嘴八舌議論紛紛。

未信佛法的人趁機毀謗：「你們看，世尊規定出家人不可以看集會，今天他卻親自率領比丘來河邊觀看……。」

而信仰佛法的人則是滿懷欣喜：「今天佛陀親臨，絕對會有精彩的授記，或有殊勝的法緣……」

世尊與比丘僧眾就在大家紛雜的聲音中來到河邊，跏趺而坐。這時，世尊心想：「我應該讓牠回憶前世，並能開口與我對答，使大眾自然而然地深信因果。」接著就進入使牠能憶起前世，且能說人話的禪定。

「你是干布嗎？」世尊慈祥地問牠。

「世尊，我是干布啊！」牠垂淚說。

「身口意所造的業有報應嗎？」

「有啊，有報應啊！」

「所感受的果報，你覺得痛苦嗎？」

「痛苦，非常痛苦！」

「你以前皈依哪位惡知識，造成今天這個樣子呢？」

「不是其他人，而是我沒調伏好自己的心。」

當世尊與牠問答的時候，在場的人都覺得疑惑：「干布是誰啊？為什麼牠能回憶前世，還說有報應，受痛苦？」想請教世尊，卻又因世尊的威嚴而不敢親自去問，只好悄悄請阿難代為發問。

於是，阿難尊者對世尊恭敬頂禮問道：「世尊！剛才說話的那位眾生是什麼人？牠造了什麼的惡業，而遭受這樣的痛苦呢？祈求您的開示，我們都希望聽聞。」

佛陀告訴阿難：「在無量劫以前，俱光如來在世的時候，在他的教法下有五百羅漢。有一天，這五百位羅漢出遊，到王宮內化緣後，來到附近的公園，在樹下結跏趺坐，進入滅盡定。

隔天早上，有位名叫干布的國王，帶著王妃及眷屬一同去花園中遊玩。干布國王獨坐一處，觀賞周遭的景色，王妃眷屬們則四處採花、摘果，自由地嬉戲。當她們看見樹下安詳坐禪的羅漢們時，頓時生起無比的歡喜心，便對他們合掌、恭敬，祈求傳法，其中一位尊者對她們宣說佛法。

當時，國王聽見花園中有男人的聲音，因嫉妒而當場生起大瞋恨心，於是立刻抽出鞭子，衝向羅漢們，把他們打得遍體鱗傷，死去活來，又命令手下拿矛、劍等兵器刺殺他們，再把他們切割成一塊一塊的。干布國王邪眼瞅著已支離破碎的羅漢肉身，餘氣未消地命令手下拿去餵狗。

比丘們，當時的干布國王就是這位正受極大痛苦的眾生。因為他以瞋恨心及邪眼盯著羅漢們，所以這輩子沒有眼睛；又因為用鞭子抽打他們，所以全身潰爛；由於他殘殺五百羅漢的惡業成熟，因此他從俱光如來到現在，都還在無間地獄中承受極大的痛苦。」

比丘們接著請問世尊：「世尊，干布國王還需受多久的地獄苦報呢？」

世尊回答：「未來賢劫五百佛住世以後，干布才會脫離這種惡報，轉生到賤種人家，成為一位獵人。某天，他在林中設下一些陷阱，準備次日再來取回獵物。恰巧當天來了一位辟支佛，在附近打坐入定，因此野獸不敢接近。

第二天，獵人滿懷期待地四處察看卻只見到一位辟支佛坐在那裡，其餘陷阱都是一無所獲。他當下生起大瞋心，心想：『要不是這位辟支佛，我絕對能捕到獵物！』大怒之下，就把辟支佛殺死了。因此他死後又墮入無間地獄，受無量劫難忍的苦報。

此業報受盡後，遇到正覺師如來住世，才在正覺師如來的教法下出家，證得阿羅漢果。證果後，他示現比丘相外出遊走四方。

有一天，他走到王宮附近的花園內坐禪。當時，有位國王正帶著王妃一同遊樂，王妃四處採花摘果，恰巧遇見他，對他生起信心，求他傳法。在傳法時，國王聽見男子的聲音，心生嫉妒而立即跑去舉鞭抽打他，並命令手下拿刀、劍、矛等兵器刺割他，把他的身體切成塊，丟去餵狗。直到此時，他的果報才完全受盡。」

聽完釋迦世尊宣說這個漫長的因果過程後，舍衛城的居民都覺得因果不虛，人身是苦，於是生起深深的厭離心。這時，世尊觀知他們已能夠受法，就為他們宣說相應的法。

聞法後，有些人得到加行道的暖、頂、忍、世第一法，有些得預流果、一來果、不還果、羅漢果，有些得金輪王位，有些得梵天位，有的得辟支佛果，有的種下無上菩提的因，其他的人也對佛法生起信心而皈依佛門。

又有下則《阿含經》記載耐人尋味，一時魯莽，事後懊侮，多少會減輕罪惡，免去惡道受苦。

很多人讚歎舍利弗尊者的耐心和寬宏大量，他的弟子也總是說：「我們老師有超人的耐心和肚量，即使受人侮辱或毆打，他仍能保持沉著鎮靜，不會發脾氣。」

有個婆羅門由於錯誤的知見，卻宣稱要激怒舍利弗尊者。有一天，他遇見舍利弗尊者在乞食，就伸手打他的背部。舍利弗根本不回頭是誰在打他，只是若無其事繼續乞食。動手打他的婆羅門反而懊惱自己魯莽，就跪在舍利弗的面前，承認自己的錯誤，並求舍利弗原諒。他說：「尊者，如果你肯寬恕我，就請你發慈悲心到我家接受我虔誠的供養。」

傍晚，其他比丘向佛陀稟告此事，他們說，舍利弗這麼做會使得婆羅門越來越放肆，將來甚至會毆打其他比丘。

佛陀說：「真正的婆羅門不會毆打真正的婆羅門，只有凡夫和普通婆羅門在憤怒，或瞋恨情況下會毆打阿羅漢。」

孫二娘殺人肉當黃牛肉賣，零碎小肉做餡子包饅頭；只知生意興隆，客人陸續上門……這完全昧於三世因果的智慧，不知一報還一報，所有被殺成肉乾的無辜者，那股強烈的怨憎心誓必生生世世不放過仇人……。

下則《星雲說偈》——「慎防惡業」，正是無知凡夫最好的座右銘。

一者生三惡道，二者邊地下賤，
三者當生貧窮，四者顏色不正，
五者愚癡無智，六者與惡友會，
七者多諸病患，八者得大惡病。

——《大寶積經》

在《大寶積經》裡，佛陀提到一個人不信因果、毀謗真理、欠缺道德人格、為惡不善，會障礙他解脫煩惱，成就菩提智慧，也會招致八種果報。哪八種果報呢？

第一、生三惡道。為惡不善的人會墮入地獄、餓鬼、畜生等三惡道受苦。

第二、邊地下賤。即使能投生人道，卻是在不能見聞佛法的邊隅之地；或出生於下賤的族群，既不能得到他人的愛護，也不會有人重視他。

第三、當生貧窮。由於他一生壞事做盡，沒有積聚福德，等於銀行裡沒有存款，所以會出生在貧窮之家，周遭充滿惡因惡緣，當然就容易感召惡果。

第四、顏色不正。因為心念不正、身行惡事，也會召感外貌不善，或殘缺不圓滿的果報。

第五、愚癡無智。作惡的人投胎轉世，可能做畜生，生性愚癡、不明白事理；即使他能得人身，也是愚癡沒有智慧。

第六、與惡友會。由於物以類聚，他的生活中沒有善知識，也結交不到好的朋友，往來皆是酒肉朋友或貪贓枉法之徒。所謂「一失足成千古恨」，一旦沉淪，便會與惡友生死共輪迴，無有了期。

第七、多諸病患。經常生病不斷，令身心痛苦不堪。

第八、得大惡病。有時會得重大難治的病症，甚至不明緣由，連醫生都束手無策，讓人痛苦無比。

這幾句話提醒我們，在日常生活中要隨時留心自己的身口意三業，諸惡莫作，眾善奉行，以免遭受惡報之苦！

最後，請慢慢咀嚼下則《舊雜譬喻經》的記載。

從前某地住一位長者，家裡有大小兩位老婆。大老婆每天供養僧眾，但是，小老婆卻不喜歡這種作法。

有一天，有一位和尚照常上門來乞食，小老婆一看，就把對方的缽拿過來，放些骯髒東西進去，再把飯蓋在上面，才遞還給和尚。

那個和尚拿走後，返回山裡正想吃的時候，竟看到缽裡放著骯髒東西，就把它丟掉，並將缽子洗乾淨。以後，那個和尚再也不敢上那家門來了。不久，小老婆不知何故，連嘴巴和身體都發出臭氣，害得看見的人都逃恐不及。

她死後墮入沸屎地獄，輾轉成了餓鬼和畜生，受苦幾千年。待罪障完畢，才重返人間。雖然如此，她也常吃人的大小便，如果沒有大小便可吃，腹裡會疼痛。

長大出嫁後，也常常深夜起來偷人的糞便吃。她的丈夫覺得她的行徑可疑，乃暗中隨著觀察，赫然發現自己的枕邊人竟貪吃如此髒物。

這就是罪惡因果的循環，實在恐怖極矣！

第三章　善得人身甚為難　莫為此身造眾惡

一、偽裝行者不可行　實修利益說不盡

【摘要】

武松被官兵追捕而逃到張青家裡躲藏三五日，不久官府派人挨家挨戶查詢搜捉……寫了武松鄉貫、年齡、貌相、模樣，畫影圖形，出三千貫信賞錢，如有人知道武松下落，赴州告報，隨文給賞；如有人藏匿犯人在家宿食者，事發到官，與犯人同罪，遍行鄰近州府一同緝捕……。

張青的妻子孫二娘拿出一套頭陀衣服給武松穿上，同時剪去頭髮，手拿一本度牒，一串一百單八顆數珠則貼在胸前，儼然成了一個有模有樣的佛道行者，果然順利走出城去……。（第三十一）

【佛法解說】

乍見下，武松披上佛道行者的裝扮，手持佛具，讓人多少生起恭敬心，其實身心都沒有真正出家，是位假行者，掛羊頭賣狗肉的冒牌貨色，後來照樣飲酒殺人，破壞戒律，毫無淨德可言。

行者，即是一般佛道的修行人，或稱行人。一般修念佛法門者，稱為「念佛行者」。密教中，凡誦持真言，修供養法。護摩法等真言門的修行者，稱為真言行者，專持《法華經》的行者，稱為法華行者。

在禪林中，行者係指未出家而住在寺內幫忙雜務者。有剃髮者，亦有未剃髮而攜家帶眷者，依《釋氏要覽》說，善男子欲出家，而未得衣鉢，欲依寺中住者，稱為畔頭波羅沙，它即是行者之意。

禪林的行者，依其職務不同而有不少種類，如參頭行者、六局行者、副參行者、客頭行者、方丈客頭行者、茶頭行者、供過行者、門頭行者……等等。

此外，方丈之行者略稱方行，西堂之行者略稱西行，後堂之行者略稱後行，監寺之行者略稱監行，副寺之行者略稱副行，維那之行者略稱維行，典座之行者略稱典行，直歲之行者略稱直行，知客之行者略稱客行，首座之行者略稱首行，辨事，知殿之行者略稱殿行。又年少之行者或寺院中服雜役之小沙彌，稱為童行、行童、道者、童侍、僧童……。

既然進入佛門，就得有最起碼的修行常識，先從守戒做起，讓六種感覺器官（**眼耳鼻舌身意六根**），面對六境（**色聲香味觸法**），別被六種塵緣所迷惑，意謂往清淨六根方面精進，日久便得清淨心，生出智慧，再斷煩惱，便是證悟成道之路。

《增一阿含經》下則記載耐人尋味，值得慢慢參究。

某年，釋尊在祇園精舍聚集一群弟子弘法布教。

有一天，釋尊的聲音好像金鈴般地響徹整個講堂，只聽他說「諸位」大家馬上洗耳恭聽，場面肅靜。

釋尊才慢條斯理地說：「我今天要給大家說明兩種人物，一種人像驢子，另一種人像條牛。好像驢子的人，到底是怎樣的人呢？那就是剃了頭髮、披上法衣，抱著堅定的信仰去出家學佛的修道者。但是，這種人現在還沒有確定諸根，所以，眼睛看見色，會立刻發生色想，情意散漫。

當眼睛看到色而發生色想的時候，他的眼神就不清淨，雜念叢生，再也不能抑制諸惡了。這樣不但不能保衛眼根的功能，而且也使耳朵不能聽到清淨聲，鼻子不能吸到香氣，舌頭嚐不到清淨味，身體不知清淨色，心裡不懂清淨法，意根也不得清淨。由於意根不得清淨，才會有胡思亂想相繼發生，甚至要實踐各種壞念頭，與不法行為。

由於不斷在胡思亂想，才會威儀不整，禮節失調，不論步行、進止、屈伸、俯仰等方面都欠佳，就像手持衣缽，也照樣想要違返禁戒一樣。

凡是修持清淨行的守法修道人，看見這些不守法的行者時，都會憤怒地指責對方的過錯，並且百般嘲笑：『哼，這種傻瓜，外表是修道人，其實，違反修道人的規矩，無異似是而非的和尚。』

修道者被人呵斥，也不甘示弱，竭力主張自己的立場：『我是修道人，我才是守法的行者。』

事實上，他的言行態度正像驢子走進牛群裡，不期然地叫嚷：『我是牛啊，我也是牛。』不管驢子怎樣堅持自己是牛，無奈牠的兩耳卻不像牛，角也不像，尾巴、聲音及其他方面全都與牛不同，諸如這些特徵，怎樣都無法克服，總之，這種修道者跟驢子同樣蠢不可及。在這種情況下，這條驢子處在牛群中，誓必會被牛群用角衝刺，用腳踐踏，七嘴八舌地被趕出去。

縱使身穿三衣，手持鐵缽，外表十成是個修道者，然而，諸根卻為色、聲、香、味、觸、法等六塵所動，為非作歹之餘，還在大言不慚地說：『我是純粹的修道者。』他顯然毫無自覺，猶如那隻笨驢子，一直硬說是條牛。像這種態度的修道者，無疑是像驢子的行者。」

自古至今，修行人或行者的實修深淺不同，善根福報也萬別千差，甚至良莠不齊，但可以肯定的是，即使披上袈裟而毫無實修者，口中念佛也無利益可得，遑論能夠證悟聖果，下則記載是佛陀的警告，出自《佛說大迦葉問大寶積正法經》第四。

某年，釋尊在王舍城的靈鷲山對群眾說法。有一天，釋尊對迦葉尊者講述「破戒缺德的修行者」這個題目。

「迦葉呵！譬如一個極窮的漢子，雖然家裡一窮二白，但卻親口對眾人撒謊：『我的大倉庫裡，全都裝滿金銀財寶。』迦葉呵！你想這個漢子說話真實嗎？」

「世尊！顯然是虛偽的宣傳。」

「迦葉呵！有一個婆羅門根本毫無戒德，但也在自吹自擂：『我具備各項大德哩！』這是令人難以相信的話，兩者的情形一樣。」

釋尊說到此，又唱出詩偈：「做了不淨業，滿身污穢，而且沒有一點兒德行，這個騙人的婆羅門卻親口說，自己具備多種戒德。這就像窮漢對人謊稱，自家倉庫裡全是七珍寶物一樣。」

「迦葉呵！譬如一個擅長游泳的漢子，進入水裡，也只在水裡想到玩耍，自己疏於注意，以至溺死而不自覺。同樣的，那些婆羅門因為懂得各種快樂的法，縱使特地潛入大法之海裡，反而不能好好抑制追求快樂之心，任意縱情於貪、瞋、癡的惡業裡，結果才不知不覺地墜入惡道裡去。」

釋尊說到此，為了強調剛才的意思，又唱出下面的偈文：「玩水的人，雖然進入大水裡，奈因疏於注意，才會溺死，同樣的，就像婆羅門置身在大法之海，內心被貪、瞋、癡擾亂，以至墮落在惡道裡。」

「迦葉呵！譬如某醫生配合各種藥草，調製成良藥，帶著它準備到處行醫，替人看病。半路上，反而自己染了病，也當然不能搭救別人的疾病了。

同樣的，缺德的修行者，縱有許多見聞，而疏於檢點自己的行為，就想去教化眾生的話，結果，因為自己的修養不夠，而經常發生苦惱，這樣當然不可能去救度別人了。

就像良醫調製妙藥，準備周遊各地，為人醫疾，壯志未酬，反而自己先患病，躺在病床上呻吟一樣。只有見聞增廣，自己的煩惱不斷，若想去教化別人，煩惱會即刻來到，自身苦悶不已，就沒有任何效果。」

「迦葉呵！譬如有一個病人，病況嚴重，服下許多良醫的妙藥，也沒有起色，難免死路一條。同樣的！倘若眾生有苦惱，不論想要怎樣多聞修行，也難免會陷入惡道裡。

就像身患重病的人，歷經多少年月，病情沒有起色，不管服下什麼靈藥，也會被無常之風吹散一樣。芸芸眾生常常感染煩惱等病，縱使想要貧習多聞，也終究會墜入惡趣裡的。」

「迦葉呵！譬如摩尼寶珠掉進污濁裡，就像觸及髒物的寶珠，不堪使用一樣，縱使缺德的修行者，誇耀自己博學多才，一旦受制於名望利益，就會失去天地與世人對他們的敬愛。觸及污濁的摩尼珠，很難成為世間的懷寶。被囿於名利的修道者，必會失去世人的敬愛。」

「迦葉呵！譬如像死人頭戴金冠或髮飾，想藉此莊嚴死人的面孔一樣，那些破損戒律的惡僧，披上袈裟，莊嚴身體，也都沒有任何益處。生命既已結束，戴上美妙華鬘或金冠，來裝飾死人的面孔，結果沒有什麼用。破壞戒德的惡僧，披上尊貴的袈裟，想要裝飾，增進威儀，結果也沒有用。」

「迦葉呵！譬如有人沐浴、洗淨身體，再塗上香油在頭髮、指甲上，披上白衣，戴上美妙的髮飾，才會被人尊稱為貴族，同樣的，佛道修行者兼具智慧與德行，然後披上法衣，威儀具足，才能叫做真正的佛弟子。就像沐浴後清潔塵垢，身上裝飾香油與華鬘，披上白衣，才被人尊稱世間的貴族一樣。只有知識淵博，經常清淨戒德，身穿法服又有威儀者，才能被人敬為真正的佛弟子。」

二、濫殺罪業重大　日後必墮地獄

【摘要】

張督監收受了蔣門神的賄賂，竭盡所能要殺害武松。他先以酒食虛情假意招待武松，同時命令一個心愛的養娘叫玉蘭欲下嫁武松，武松不知詭計……夜晚武松竟被當作賊子捉住了，接著屈打成招……不久幸虧友人從中用錢打點，才沒被打成重傷……。

後來，武松從枷中掙脫出來，很快殺死押送他的兩個公人及其兩名夥伴；之後回去殺了張督監的後槽，接著上樓殺了張督監、蔣門神、張團練以及兩個女使。臨走時，用鮮血在牆上寫下：「殺人者，打虎武松也。」這時，突見兩人進來，武松立刻殺了兩人……

武松道：「一不做，二不休，殺了一百個也是一死……我才心滿意足，走了罷休。」走出大門，越城逃走……。（第三十一回）

【佛法解說】

古今貪官污吏絕不可能一輩子只收受一次賄賂，肯定長期間來者不拒，照單全收，而且想送來越多越好，永不嫌棄，殊不知人的起心動念，行住坐臥都要自負因果。

古人說夜路走多會碰到鬼，張督監夫婦等一夥人的下場，當如是也。下則《星雲說偈》——「果報終自得」，可作最好的詮釋和佐證。

眾生之所作，善惡經百劫；
因業不可壞，果報終自得。

——《眾許摩訶帝經》

這首四句偈說明，因果業報歷歷不爽。「眾生之所作」，每個人所想、所說、所做、所為，最後必定會產生結果。

千萬不要以為，一句話說了就過去了，一件事做了就過去了，要知道業因一旦種下，有朝一日，因緣成熟，必定開花結果，隨業受報。

什麼叫做「業」？身所做的行為，口所說的語言，心所想的念頭，都稱之為「業」，身、口、意所造作的行為，就是身業、口業、意業，合稱「三業」。人的生命能從過去延續到今生，從今生延續到來世，主要就是因為有「業」的存在。

我們的色身會衰敗，但是所造下的業，卻不會消失。就像茶杯打壞了，要復原不可能，可是流到桌面的茶水，如果用抹布把水吸起來，它還是存在，一滴也不少。業，就好像茶杯裡的水，是不會減少的。

業的種類，有：善業、惡業、無記業。所謂的善業，凡是行為合乎人間的道德、利益，都稱做「善業」。損人利己或損人不利己的行為，稱做「惡業」。「無記業」是不能分辨善惡，如無意識的動作等。這些善惡業，不管經過多久，必定會有果報。

在歐洲曾發現一個二千多年前的棺木，棺木裡存有植物的種子，將種子拿來栽種，竟然可以發芽、開花。「善惡經百劫，因業不可壞」，業就像這顆種子，不管經過了幾百年、幾千年，甚至幾萬年，只要遇到因緣，還是會開花結果的。所以，不要懷疑自己做了好事，怎麼會沒有好的果報？更不要心存僥倖，以為做了壞事，可以不負因果的責任。

「果報終自得」，身口意三業造作的因，只要遇到緣，就像種子遇到泥土、陽光、空氣、水分一樣，總會成長結果，這時果報就得自作自受。

因此，我們對於自己的言行與起心動念，應該慎思而行，所謂「善有善報，惡有惡報；不愁不報，時辰未到」，怎能不戒慎警惕！

武松的武術超強，義氣沖天，但卻妄殺無辜，一口氣殺死好幾條與此事無關的老弱婦女，殺業太重，日後果報絕難善了，除非餘生幸逢善知識指點迷津，開導和規勸他，讓他徹底懺悔改過，多做善事，始有可能將功抵罪，減輕殺生的重大罪業。

《楞嚴經》的下段話應該慢慢咀嚼，必能得到受用和契悟。

阿難！世界上的六道眾生，若是不起殺心，就不會跟著彼此相殺的殺業、死生不斷。你之修習正受，本意是超出塵勞，若是殺害之心不除掉，塵勞亦不能跳出。縱使有很高智慧，禪定也時時現前，如果不斷殺業，必會墮落於鬼神道、最高的是大力鬼，其次是天行夜叉，其次是嶽神河神，他們亦居然稱王稱帝。中等的是空行夜叉、其次是城隍、土地。下等的就是瞰人精氣的地行羅剎。那些鬼鬼神神，也各有他們的眷屬，個個都說成就了無上大道。將來我滅度以後，末法時期，這些鬼鬼神神，也是多到不得了，都以為飲酒食肉，就是菩提大覺的正路……阿難你要教導那些修習正定的人，務須戒絕殺生，這是過去先佛世尊，第二條明明白白決定要遵守的根本教義。

所以，阿難啊！假如不斷除殺業而修禪定，等於自塞其耳，高聲大叫，想要別人聽之不聞，豈有這個道理嗎？正所謂掩耳盜鈴，欲隱彌露而已。

又依《大智度論》說，諸罪中殺罪最重，諸功德中不殺第一、世間惜命亦為第一。斷人畜的生命，不論親自下手殺，或教人殺皆屬同罪。比丘殺人，犯四波羅夷，自殺則結偷蘭遮罪；自傷形體，結突吉罪。殺害畜生，得波逸罪（懺悔罪）。凡犯殺戒者，死後將墮地獄、餓鬼、畜生等三惡道，即使出生人間，亦難免多病、短命的惡報。

不殺生，包括不殺害自己的生命，即自殺也算犯殺生戒，從原始佛教到大乘佛教都再三強調不殺生，這是佛教徒最重要的實踐德目，這種慈悲心普及禽獸魚蝦或小蟲，無疑是佛教最殊勝的德行，為其他宗教所沒有的德目。

其實，除了武松般殺人如麻的恐怖例子外，梁山泊的好漢們也幾乎都雙手沾滿血腥，盡做些殺人越貨的勾當，儘管他們口口聲聲喊出官逼民反，替天行道，但行道或官逼，也並非非靠廝殺不可，大家何不活用智慧，共商對策，找出更理性、更柔軟的方法去謀生過安定的日子……

林林總總說，他們那夥人雖昧於生命具有無限莊嚴神聖的價值，但每個人不分性別、貧富、年齡、智愚、種姓和階級……等，都是一尊珍貴的大法器，也都是未來尚未證悟的佛菩薩。

今請一同恭讀下篇《佛光菜根譚》——「生命的價值」。

心智經過挫折，才會成長；

生命經過磨鍊，才有價值。

——《佛光菜根譚》

所謂：「不經一番寒徹骨，焉得梅花撲鼻香。」生活中能克服一層憂患，生命就多放一道光彩；能突破一層困難，生命就多一分價值。人往往歷經種種磨鍊與考驗，心性更趨成熟，心智更加成長，生命就更顯得有價值。

禪門裡頭常說的堪受得起，正是經得起磨難，能承受多大的考驗，就能成就多大的事業，人生不求一帆風順，但願突破難關，勇往直前，發揮生命的價值，迎向美好的未來。

【正文】

有一天，豬向牛抱怨說：「人類很不公平，我在生的時候，人們就嫌我髒、嫌我懶、嫌我笨，但當我死後，我的豬毛、豬皮、豬肉，甚至五臟六腑，都沒有絲毫的保留，全身都奉獻給了人類；而你不但受到人們的讚揚，甚至還有『忍辱負重』的美譽，這對我實在太不公平了。」

牛回答道：「我在生前就替人類拉車、耕田、提供牛奶，進而奉獻我的全身；甚至我的牛皮都要比你的豬皮寶貴；而你則必須等到死後，人類才會得到你的好處，這就是我們不同的地方。」

一個人生命價值高低，是由後天的努力所創造出來的，所以，當人出生之後，就應該對生命有一個創造和安排。

生命的意義，要能對人間有所貢獻，有所利益。例如，太陽把光明普照人間，所以人人都喜歡陽光；流水滋潤萬物，所以萬物也喜歡流水。

同樣生而為人，生命的價值有的是來自於家族、金錢、時運，但有的是靠自己的奮鬥、辛苦。有的人不但在世時候就能造福社會，甚至像貝多芬，生前演奏的樂章，直到他死後，依然受到世人的聆賞、喝采。

生命的價值，不在於本身的條件優劣，而在於對人是否有用。上千萬元的鑽石，有人獨得了以後，珍藏起來，人們並不知道它的用途和寶貴；而不值錢的石頭，以它來修橋鋪路，卻能供給普世人類的方便。所以，生命的價值究竟是要做一顆鑽石呢？還是做一塊普通的石頭呢？

一座偌大的花園別墅裡，只住了少數的民族，其他人就不容易進入；而一座路邊的施茶亭、休息站、公共廁所，難道就不及花園的高樓的價值嗎？

生命的價值，就看你自己怎樣去發揮、怎樣去表現？當人活著的時候，就要發揮生命的價值，如果像豬一樣，死後才有利用的價值，也還算是好的，就怕死後如草木一樣腐朽，只能當堆肥使用，這樣的人生價值就太有限了。

【延伸閱讀】

（一）工作，讓人開發生命的潛力，展現生命的價值；服務，讓人發揮生命的光熱，照亮生命的內涵。

（二）懂得感恩的人才會知足、才會幸福，才不會自私自利；再進而把自己融入大眾、團體，生命的價值就不一樣了。

（三）找到自己，能尋回生命的本質；擴大自己，能延長生命的價值；昇華自己，能體會生命的自在；圓滿自己，能覺悟生命的真諦。

奉勸那群嗜殺，並視性命如草芥的梁山泊好漢們，應該冷靜玩味一則《星雲說偈》——「廣修福業」。

生天本自生天業，未必求仙便得仙；
鶴背傾危龍背滑，君王自古無百年。

——唐・知玄

這段偈頌提示我們，人要守本分不妄求，凡事只問耕耘不問收穫，功道自然圓熟。所謂「三十三天天外天，九霄雲外有神仙；神仙本是凡人做，只怕凡人心不堅」，正好為此做了最好的詮釋。

「生天本自生天業，未必求仙便得仙」，生天，要有生天的福報、生天的業緣。一個人福德因緣具足，不要說求富求貴、求聖求賢，就連成佛作祖都是很自然的事。世間沒有天生的彌勒，沒有自然的釋迦，也沒有不勞而獲的事功，一個人不肯勞苦奮鬥，不肯流汗播種，只是一味妄求，希冀僥倖得富貴，那是不可能的。

比方：一塊石頭放到水裡，自然會沉下去，可是你祈求神明：「神明啊！神明啊！請讓石頭浮起來吧！」這是白費力氣；同樣的，油是浮在水面上的，你祈求神明：「神明啊！神明啊！讓油沉下去吧！」這不合乎因緣果報，當然也是不可能的。

「鶴背傾危龍背滑」，不自量力的人想一步登天，簡直難上加難，就算是騎在白鶴的背上要飛上青天，也很危險；乘龍飛天，一不小心失手滑落下去，也會成千古恨。因此，人貴在自知，不要妄求。

「君王自古無百年」，中國歷史綿延五千年，歷經多少朝代，多少君王，何曾有人是百年皇帝？世事無常，種種忙碌，種種辛苦，到最後什麼都是一場空，什麼都不是我們的。唯有及時行善，廣修福德，才是人生的長久之計。

三、雕蟲小伎倆　不如神足通

【摘要】

有位江州兩院押牢節級戴院長，他有一種驚人的道術，他平時飛報緊急軍情事，只要把兩個甲馬拴在兩隻腿上，作起「神行法」來，一日能行五百里；若把四個甲馬拴在腿上，便一日能行八百里，因此人都稱他為神行太保戴宗。在宋徽宗時，金陵一路節級都稱呼「家長」；湖南一路節級都稱呼「院長」，故戴宗也被叫「戴院長」。（第三十八回）

【佛法解說】

「甲馬」，就是一種畫有神像的紙。戴宗的甲馬道術跟佛道的神足通完全兩回事。然而，佛道的神足通確有其事，而且必須依佛陀教法精進修持，便能如願修得神通，練得神足通的佛道行者，遠處近處都沒有差別，意謂遠處即是近處，近處亦是遠處，來去自如、通行無礙、銅牆鐵壁、高山河流也擋他不住，甚至入水、入火、入地也易如反掌，完全超越空間的箝制。

星雲大師說：「具有神足通的人，能將一個變成無數，同時也能將無數變成一個，意思是自在變化，要隱即隱，要顯即顯……有不可思議的力量，甚至可用手托住日月，對外境能隨心所欲，沒有障礙。」

神足通的成就，跟年齡和性別無關，只要證悟聖果，領悟三世因果和空性的智慧，便有這種本事。有人的福報善根極佳，又幸逢名師指點，加上自己的精進，即使只是小沙彌也能練得神足通。

例如下則《阿含經》記載：

修摩那沙彌是阿那律尊者弟子。雖然非常年輕，但由他累世以來的善業，他已經證得阿羅漢了，並且具有神通力。

有一次，阿那律尊者生病了，他就大顯神通，離地飛行，到距離精舍非常遙遠，難以到達的阿耨達池去取水回來給尊者。後來，阿那律尊者和他一同到東園鹿子母講堂向佛陀頂禮問訊。

其他沙彌看他這麼年輕，就來揶揄捉弄他。佛陀希望這些沙彌明白修摩那沙彌的殊勝，就要沙彌們也到阿耨達池去汲取一瓶的水，但見所有沙彌都無此能耐。最後，在阿難尊者的要求下，修摩那沙彌再顯神通，又到阿耨達池取水回來給佛陀。

傍晚時分，眾多比丘聚集一起，向佛陀訴說修摩那沙彌的神奇之旅。佛陀說：「比丘們！任何人精進修行佛法都可證得神通，即使非常年輕的人也能夠。」

總而言之，每個人都具有神足通的潛力，奈因受制於三毒的箝制，使這股成佛作祖、證悟聖果的神聖潛力無法發揮，可惜可嘆！

四、賭博謀生　終非善策

【摘要】

李逵從宋江手中取了十兩銀子，便跑出城外小張乙賭房來，迅速到場上將十兩銀子撇在地下，叫道：「把頭錢（一種賭具）過來我博。」……片刻間，就把十兩銀子輸光了……李逵賭性上揚，就向在場的人借銀子遭到拒絕，他一氣之下乾脆搶了別人賭來的銀子，就睜起雙眼說道：「老爺常賭直，今日權且不直一遍。」小張乙急待向前搶奪時，被李逵一指一交。其他十幾個賭客一齊擁上來，要搶奪那銀子，都被李逵指東打西，指南打北，李逵把這夥人打得沒地方躲……李逵一腳踢開門便走，那夥人隨後趕出來，都只在門前叫道：「李大哥！你怎麼沒道理，都搶走我們的銀子！」但不見有人敢近前來討。（第三十八回）。

【佛法解說】

古往今來，賭博對社會進步缺乏建設性意義，對個人精神，品性的提升也沒有正面的作用，反而使人氣餒、煩躁和沉淪……一言以蔽之，不論贏錢輸錢都沒有價值，不去為妙。

倘若有人不慎染上嗜賭的惡習，必須當機立斷，拿出壯士斷腕的決心戒掉，否則遲早會傾家蕩產，妻離子散，後果太可怕了。

《敗亡經》指出，賭博是造成人墮落的原因之一，又《阿含經》下則記載也應該警惕。

有位婆羅門告訴佛陀：「尊者！我認為你只知有法益的修持，對無益之事一無所知。」佛陀說自己也明白無益且有害的事。

於是佛陀列舉六種會消耗財產的行為——（一）太陽高掛了才起床。（二）疏懶成性。（三）殘暴。（四）沉迷毒品（尤其指酒），而昏醉迷糊。（五）在惹人懷疑的時間內，獨自在街上閒逛。（六）邪淫。

接著，佛陀反問這個婆羅門如何謀生，婆羅門答說以賭博維持生活。佛陀又問他輸贏情形，對方答說有輸有贏時，佛陀說：「在賭博中獲勝，無法與克服煩惱的成功相比。」

現請恭讀《法句經》一首偈語：「**克服自己，勝過征服他人；天神、樂神、魔王波旬或梵天都無法戰勝自己，節制的人。**」（一〇四）

最後，請讀嘉義新雨佛學道場的明法比丘有一段法語：

賭博是不善業，自古就有賢人提出各種警語。今時賭博花樣更多，有人有時會一時迷糊，而誤入歧途。

事實上，只要是有（賭博）方式、下注、輸贏，通通是賭博，不管合不合法、公不公益、娛不娛樂、公不公平、賭金大小、莊家賭客是誰。不要因為賭博方式變化而影響辨認的能力。

動念頭、下注，就有贏錢的期待，貪念頓生，惡果隨後。為什麼想不勞而獲，卻十賭九輸，久賭必輸呢？

主要是賭博方式通通是莊家穩賺，因此莊家不怕賭客偶然大贏錢；再來是賭客贏錢後，食髓知味，還大有再來光顧的可能。最慘是被設計假相的贏錢，而一步步的掉入陷阱。由業力來看，賭博的下場不外是：

（一）貪念↓下注↓贏↓再下注↓……↓輸輸去

（二）貪念↓下注↓輸↓再下注↓……↓輸輸去

在輸贏、贏輸中而不能自拔，成為最重業的賭徒；若偶爾為之，則得到同情。事實上，雖偶一為之，也是造不善法，它有被擴增而不能自主的潛力。

《長阿含經》「善生經」說賭博有六種過失：「一者財產日耗。二者雖勝生怨。三者智者所責。四者人不敬信。五者為人疏外。六者生盜竊心。」

對更大的業力圈而言，不善與不善相類聚、相擁護、相糾纏。彼此交互影響，就會構成更大的不善。對於樂修純淨、美善的正法行者，則應遠離、譴責不善。

五、煩惱作用　妨礙證悟

【摘要】

某日，宋江來到潯陽樓，獨自飲了幾杯酒，不覺喝醉了，心想自己生在山東，長在鄆城，學吏出身，結識不少江湖好漢，雖留得虛名，而今年歲三十有餘，功名不成，卻成了犯人，發配來此，不禁思念家鄉父老兄弟，感今懷舊，忍不住落淚；於是向店家借筆，順便在牆上寫了一首反詩，並自己題名「宋江作」，詩句是：「心在山東身在吳，飄蓬江海漫嗟吁。他時若遂凌雲志，敢笑黃巢不丈夫！」（第三十九回）

【佛法解說】

封建時代膽敢寫造反詩句，不僅有殺身之禍，還有誅九族的恐怖。這是宋江酒後失去理智，心煩意亂之餘，吐露內心的感觸與抱負。這個大禍不久果然上身……總之，宋江因為內心煩惱惹出大禍來。

煩惱，在佛法有不同凡響的重要性。那是指有情眾生的身心發生惱、亂、煩、惑、污等精神作用的總稱，尤其人類會在意識或無意識間，為了達到我欲、我執的目的，常常沉淪於苦、樂的境域，因而招致煩惱的束縛。

在各種心的作用中，覺悟是佛教的最高目的；針對這點，凡是妨礙覺悟的一切精神作用都叫煩惱。佛陀為了要使眾生瞭解煩惱所帶來的恐怖情形，就以各種立場來表示。

就其作用來說，有隨眠、纏、蓋、結、縛、漏、取、繫、使、垢、暴流、軛、塵垢、客塵等各種名稱。其用法有廣狹二義，若加以分類就太複雜，通常以貪、瞋、癡三惑為一切煩惱的根源。

通常佛教徒將煩惱分為根本煩惱與枝末煩惱二種。前者又分為貪、瞋、癡（無明）、慢、疑和邪見等六種；後者又分隨惑與隨煩惱。

那麼，煩惱從何而來呢？

答案：煩惱是依惑亂的，近代高僧印順導師說：

「煩惱——心的不良心理，他的生起是依於因緣，對境才能引生。如瞋心的引發，總是由於對人對事不能如意，或受欺受辱才會暴跳如雷。如沒有外緣，瞋心也不會勃發出來的。所以煩惱的生起，與我們所接觸的境界有關。

在我們的認識中，不論見聞覺知，無不帶有『惑亂』。惑亂，是一項似是而非的感覺；看來是這樣，其實不是這樣；雖說不是這樣，而在我們的認識上，卻確是這樣。這種與真相不符的認識，認識的境界，有一種惑亂性、欺騙性，使我們以為真的如此，而為他起貪、起瞋、起一切煩惱。由此可知煩惱的生起，從不能正確認識境相的顛倒錯亂中來。那麼要斷除煩惱，當然要於一切境界如實覺了，看清他的真面目，不受蒙蔽，不受欺騙，煩惱才會徹底被降伏，憂苦也就可以徹底解決了。」

以下《百喻經》故事，便是煩惱的例證。

某年，釋尊在舍衛國的衹園精舍對眾生說法。某地有一棟舊房子，人人皆說房裡有惡鬼住。大家都覺得害怕，誰也不敢獨自睡在裡面。剛巧有一個漢子自稱膽大包天，他說要自己睡在裡面，什麼也不會怕。

有一晚，他進入惡鬼的房子裡去，不久，又有一個漢子說，自己的勇氣比前者更壯，膽識亦強於前者，故也想進入惡鬼的房子，當他一踏進門裡，前者看見人來，暗想必是惡鬼來矣，後者也暗忖裡面的人，必是惡鬼無疑，雙方紛爭到天亮。等到雙方一見面，始知不是鬼。

再請一同玩味星雲大師的《星雲說偈》——「煩惱之害」

欲滅怨者，當滅煩惱；煩惱怨之，害無量身。
世怨雖重，正害一身；煩惱之怨，害善法身。

——《雜寶藏經》

這段經文出自《雜寶藏經》，主要是告訴我們如何清淨身心。「欲滅怨者，當滅煩惱」，假使我們要想消滅自己的罪業、消滅自己的冤家對頭，那麼誰是我們的罪業、誰又是我們的冤家對頭呢？

煩惱是我們的罪業，是我們的冤家。煩惱能讓我們產生無明煩惱，進而造下諸多罪業。

人生最大的煩惱，就是貪欲、瞋恨、愚癡、我慢、疑忌，這許多的煩惱如同枷鎖，束縛著我們的身心，讓我們成為煩惱的奴隸，天天驅使我們去造作貪欲、瞋恚、愚癡等惡事。

所以「煩惱之怨，害無量身」，煩惱是我們的冤家仇敵，會讓我們清淨的法身慧命，在生生世世、無量劫中被種種的憂悲苦惱束縛而不得自由。好比有的人經常鬧情緒、不安守本分，我們就稱他是「煩惱人」。

煩惱的人不容易得救，因為煩惱會污染他的身心，會鼓動他的情緒，讓他的身心不得安寧，甚至心想的都是壞事，都是造罪。

「世怨雖重，正害一身」，佛經告訴我們，世間的冤家仇敵雖然不容易應付，但是他頂多能傷害我們一時、傷害我們幾年，要遠離也不是太困難的事。最怕的是「煩惱之怨，害善法身」，煩惱所衍生出的怨懟，不僅傷害我們的身體，也會傷害我們的心靈；不光是傷害我們一生，還會傷害我們的未來；毀滅我們累世的功德善法，讓我們的罪業產生，生生世世都不得解脫。所以煩惱之害無與倫比。

要想滅除煩惱嗎？所謂「解鈴還需繫鈴人」，平日應當反觀自思，自己有什麼煩惱？瞭解了煩惱的根源，就不要讓煩惱的勢力擴大，影響自己的法身慧命，進而以般若智慧淨化它，轉煩惱為菩提。

最後，再請慢慢參究下則禪門故事。

有一天中午，一個小和尚跑進鴻德禪師的禪房，痛苦地說：「師父，我最近非常煩惱，這樣怎麼參禪悟道成佛啊？」

鴻德禪師拍了拍小和尚的腦袋說：「不用說你，就是佛陀也有自己的煩惱啊！」

小和尚非常奇怪地問：「師父，出家人不打妄語。您別騙我——佛陀是解脫的人，怎麼會有煩惱呢？」

鴻德禪師真切地說：「那是因為你還沒有得度。」

小和尚又問：「假如我修行得度了以後，佛陀有煩惱嗎？」

鴻德禪師：「有啊，當然有了！」

小和尚：「為什麼呢？我既已得度了，佛陀為什麼還有煩惱呢？」

鴻德禪師：「因為還有一切眾生，一切眾生都在受苦呢！」

小和尚驚歎地說：「普渡一切眾生？這怎麼可能呢？那麼佛陀永遠都在煩惱之中而無法超越了？」

鴻德禪師：「那時佛陀就沒有煩惱了！」

小和尚追問：「眾生既未度盡，佛陀為什麼又不煩惱呢？」

鴻德禪師：「佛陀自性中的眾生都已度盡。」

小和尚於是似有所悟走出禪房。

六、大孝小孝終有別　大小孝道都重要

【摘要】

宋江被救回梁山泊後，忽想家鄉老父與幼弟終將受累，便設法悄悄返家去，準備把老父及弟弟接回梁山泊來孝養，免受驚怕。當日眾人苦留不住，宋江堅持要行，後其一波三折，差點兒喪命，始得如願接回老父及弟弟……。

公孫勝目睹此種情狀，亦動了思母之情，想到遠在薊州的寡母生平只愛清幽，吃不得驚唬，故不敢接來，他想回鄉三、五個月承歡膝下，免得老母孤寂掛礙……。李逵此時也忽然憶念家鄉的老娘，因兄長在別人家做長工，養不起老娘，於是李逵也想回鄉接老娘來山泊好樂地安享餘年……。（第四十二回）

【佛法解說】

豐富的孝養心，躍然紙上，令人十分動容。佛家說，孝順可分世間孝與出世間孝，前者是指供給父母衣食等，而後者指以佛法開導父母，才能令父母徹底離苦得樂。

世間孝只止於一世，故為小孝；出世間孝可無時而盡，因若父母能生淨土，福壽無窮，如恆河沙劫，故為大孝。

眾生若能孝養敬順父母，便可招感少病、端正、有大威勢、出生上等種族，多有資生等五種果報，叫做五善根。

佛經中，不論在家出家，勸人行孝的文章頗多，如《梵網經》說孝順乃至道之法，故以孝為戒。《孝子經》說，母親生子，懷胎十月，身為重病，臨生之日，母危父怖，其情一言難盡……。

先請恭讀下則《雜寶藏經》記載：

波羅奈國住著一位窮人，他只生一個兒子，但是，他這個兒子卻是兒女眾多，家裡的經濟情況跟父親的時代一樣，一直生活在貧困之中，加上世事不安，迫使他不得不把一對年老父母活埋地下，目的想盡全力來養育一群子女。附近的人不見他的父母，不禁十分懷疑，有人忍不住問這個兒子說：「你的父母到哪兒去啦？」

不料，這個窮漢回答得很坦白：「雙親年老力衰，不能幫忙做活，乾脆把他們活埋了。我把父母的糧食，用來養育子女。」

不論任何時代，或任何世紀，總是有許多窮人存在，這種惡習竟由甲傳到乙，由乙傳到丙，輾轉相傳，不知不覺之間，活埋老人就成為波羅奈國的國法。當時，有一位長者想要消除此項惡習，他先讓父母學習經論，待他到了要活埋的年歲時，就建造地下室，讓父親住在裡面，早晚都供應飲食，以盡孝養之責。這種作法顯然有違國法的。

有一天，天神被長者的孝行感動了，他很讚賞長者決心撲滅惡習的行為，為了想跟長者做一次長談，天神就出現在長者面前說話了。

「我是為你著想，才來跟你聊天。以後，你對國王的質問，必須做以下的回答。倘若國王在七天內得不到滿意的答案，國王的頭顱會被割成七塊，現有以下四個問題：（一）最大財寶是什麼？（二）最大快樂是什麼？（三）最大趣味是什麼？（四）最長壽的是什麼？」

國王聽後，即下令全國各地，只要能夠回答這些問題，則會滿足他任何願望，國王一直等待答案，長者馬上回答國王的問題：「（一）正信是最大的財寶。（二）正法是最大的快樂。（三）說實話是最大的趣味。（四）智慧是最長壽者。」

天神很滿意這些答案。從危難中被解救出來的國王，非常高興，馬上問長者：「到底是誰教你的？」

「家父教我的。」

「你父親在哪裡？」

「因為家父年紀大了，依照國法規定，他要被活埋，但是，我卻讓他住在地下室裡。請大王容我詳述一下，父母的恩情如同天地那麼大，從懷胎十月起，歷經哺乳養育，耐心教導，以至生活照料，全都是父母之恩，縱使左肩挑著父親，右肩挑著母親，提供各種飲食，也難得報效父母的浩瀚宏恩。」

「既然如此，你有什麼祈求嗎？」

「我不再祈求什麼，只盼望以大王的力量，撲滅活埋父母的惡法，這也是我唯一的心願。」

國王答應長者的願望，凡是不孝順父母的人，都必須接受嚴重懲罰，國王頒布這一條法令了。

從此以後，由於長者的孝道作風，才使長年的惡法得以廢除，街頭巷尾才能看見老人們的身影。

這位長者是現今的釋尊。這是釋尊當年住在舍衛國祇園精舍時代的事。

佛家說天下的母親，為子女鞠躬盡瘁，無償無求的付出，這份恩德說什麼也不能相比與丈量的。

慈母的恩德比大地還重，比大地還廣。大地有多重、有多廣，有誰能衡量得了嗎？母親的大恩遠超過於大地。

像宋江、李逵之流，都曾殺人放火，三毒猛火始終在劇烈燃燒著，而今生活足以飽暖之餘，即刻會想到父母的安危與窮苦，絲毫不敢忘懷，繼而不顧危險回家去接來奉養，想到做到，毫不遲疑。可知孝心感人，尚有得救的機會，只等有朝一日有善知識來教化開導。

最後請分享以下兩篇佳作，摘自《孝順的人最有福氣》（華藏精舍版）

（一）佛對弟子開示「出家人一樣必須孝順父母」

佛陀有一位弟子名叫畢陵伽婆抽，家境貧窮。有一年的冬天，畢陵伽婆抽的父母，因為沒有足夠的衣物禦寒，而被凍得半死。

畢陵伽婆抽知道父母受凍情形以後，就想把從施主乞來的衣服拿回家奉養給自己的父母，但是他又擔心別人會說他假公濟私，以致其內心甚為不安。

佛陀知道此事後，就召集所有弟子，並開示說：

「父母親對我們養育恩德是非常偉大的！你們之中，就算有人右肩擔著父親，左肩擔著母親，乃至用最上等的衣物、飲食，來奉養父母，都還無法報答父母親的養育恩德於萬一。所以從現在起，你們要特別記住，雖然你們已經出家修行，離開了父母，但你們仍然要盡心盡力的孝順父母、供養父母。如果有人違反孝道，一定會得到重罪的果報。」

於是，畢陵伽婆抽即很放心的把衣服拿回家，佈施給凍得半死的父母親，讓父母親平安的度過了冬天。

（二）佛陀開示弟子「孝順是做人最大的美德」

佛陀時代，城內有一對年老眼瞎，又非常貧窮的夫婦。他們不但穿著破爛，也沒有居住的地方，十分可憐。這對老夫婦有一個七歲的兒子，很是孝順。他白天出去乞食，得到好吃的食物時，一定會先拿回家奉養父母，父母吃飽後，食物尚有剩餘時，自己才吃。日復一日，他的孝順行為獲得鄰里居民的尊敬和讚歎。

所以，盲眼老夫婦雖然生活貧苦，但是因為有這麼一個孝順的兒子，也頗感到欣慰。

有一天，阿難尊者看見那個小孩，很敬佩他的孝行，就向佛陀報告。佛陀即趁這機會向大家開示：「佛弟子對待父母要能盡心孝順，讓父母安樂、欣慰，這孩子的行為值得做為大家的楷模。他現在雖然非常貧窮，但是以後他就會得到很好的福報。」

佛陀也說：「在過去世時，我曾經做過天帝、國王，乃至現在成佛，這些功德的累積，也都是因為孝順父母得來的啊！所以你們大家要記住：孝順父母是做人最大的美德。」

七、有緣隔道能感應　無緣同道難溝通

【摘要】

某日夜晚，宋江回鄉被官兵追逐，躲進一間古廟的一所神廚裡，做一堆兒伏在廚內，氣也不敢喘。官兵進入，拿著火把到處照，卻沒人看著神廚裡……他正在尋思，暗自慶幸，只聽後面廊下有青衣童子走到廚邊說：「小童奉娘娘法旨，請『星主』去說話。」宋江不敢答應，童子又催促他說：「宋星主，休得遲疑，娘娘久等。」

不久宋江跟隨童子來到大殿的簾前御階下倒身跪拜，接受九天玄女娘娘的幾杯酒，並拿到她贈予「天書」三卷，娘娘吩咐他說：「你可替天行道，為主全忠仗義，為臣輔國安民，去邪歸正，勿忘勿泄。」……在歸途中，被二童子推到橋下，宋江大叫一聲，原來是南柯一夢，但見袖子內確有「天書」三卷，又覺口裡酒香……。（第四十二回）

【佛法解說】

這當然是作者編造的神話，不該採信，但在佛教的六道眾生中，亦有不同道的生命有時在某種機緣下，會有相互感應或溝通的現象。如天人乍現人間跟某位有緣人打交道，或有神鬼藉著某種管道給予某位有緣人傳遞訊息，或警示等，在經典中屢見不鮮。

請讀《阿含經》以下記載：

（一）

有一次，結夏安居結束日，正是月圓的日子。帝釋率領眾多天神前往毘舍佉興建的東園鹿子母講堂向佛陀頂禮問訊。摩訶迦旃延尊者因為在遙遠的阿槃提結夏安居，所以尚未返回精舍。其他人就為他保留了空位子。當帝釋以鮮花和素香向佛陀頂禮問訊時，看到保留給摩訶迦旃延尊者的位子，他說多麼希望尊者也在精舍裡接受他的禮敬。這時候，摩訶迦旃延尊者突然出現，帝釋歡喜異常，立刻獻上鮮花致敬。

比丘們對帝釋崇仰摩訶迦旃延尊者的舉動大受感動，有些比丘則認為帝釋偏心。佛陀就向他們說：「天人敬重所有克制欲樂的人。」

（二）

有一天，眾多比丘要求左奴沙彌背誦一些經文，背誦完後，左奴虔誠的說：「願以背誦神聖經文的功德回向給父母！」這時候，是他前世母親的神祇正好聽到他的背誦和說話，她非常高興，立即高聲說：「親愛的兒子，我多麼高興能分享你的功德，你做得太好了，真是好孩子！」由於左奴的緣故，天神和其他神祇更敬重她，聚會時，都優渥禮遇她。

但左奴長大後，卻對修行生活不滿意，而想還俗。便回家向今生的母親表明心意。他母親費盡唇舌，勸他不可半途還俗。但他心意已定，他母親只好答應吃完飯後，給他世俗的衣服。他母親就忙著去準備餐飯，這時候，是左奴前世母親的神祇在心中想著：「我一定要想辦法，阻止他離開僧團。」這神祇就附在左奴身上，使他在地上打滾，並且喃喃自語。

他今生的母親嚇了一跳，鄰居們也都過來要求神祇安靜下來。不料神祇卻說：「這沙彌要離開僧團，還俗，果真如此，他就無法解脫了。」說完後，神祇就離開左奴的身體，左奴也清醒過來了。

他發現母親滿臉淚痕，鄰居也聚集在他身邊，就問他們究竟發生什麼事。他母親告訴他剛才發生的事情，並且說：「還俗是非常愚蠢的事。」左奴明白自己的錯誤，就回到精舍，受具足戒，成為僧團的正式一員。

佛陀也為了幫助左奴證得究竟涅槃，而告誡他：「比丘！無法制服心，使心不散亂的人，無法找到快樂。所以控制你的心念，一如馴象師馴服大象一般。」左奴正念現前地奉行佛陀的教誨，終於證得阿羅漢果，並嫻熟三藏。後來，更是宣說佛法的優秀比丘。

（三）

大迦葉尊者出定後，到王舍城的貧民區去化緣。他化緣的目的是希望提供機會給一位窮人，讓他能夠經由供養出家人而獲得大功德。這時候，帝釋也期望能夠供養大迦葉尊者，就與妻子喬裝成貧苦的老紡織匠，到王舍城來。當大迦葉尊者到達他們家門口時，他就用飯和咖哩裝滿大迦葉尊者的缽。當大迦葉尊者聞到咖哩的香味時，他明白供養的人不是凡人，而是帝釋本人。帝釋因此承認自己的身分，並且告訴大迦葉尊者，說自己也很可憐，因為沒有供養任何人的機會。說完話後，他向大迦葉尊者禮敬，然後夫妻兩人就離開了。

這時候，佛陀在精舍裡看見帝釋夫婦兩人離去，就告訴眾多弟子有關帝釋供養大迦葉比丘的事。

弟子們想不出來，帝釋怎麼會知道大迦葉尊者出定，而且知道這正是供養大迦葉的好機會？他們因此向佛陀請教。

「像大迦葉比丘這樣有德行的人，名聲四處遠播，甚至天神也知道。也因此，帝釋親自前來禮敬。」佛陀如是回答。

八、佛道有獅虎　法喜又感應

【摘要】

某日，武松來到陽谷縣地面，途中進入一家酒店，掛有「三碗不過岡」的警示招旗……因為此地景陽岡有隻吊睛白額虎，晚間都出來傷人，吃過二、三十條

大漢性命……最後被武松單獨打死了。（第二十三回）

李逵某日返回老家，揹著老母親欲赴梁山泊孝養的途中，因為母親口渴極了，李逵只好放下母親坐在一個大青石上，獨自到附近小溪去汲水，不料回來不見了母親，四下尋找，附近洞邊看見一條人腿，洞口有兩隻小虎，李逵瞋性大發，拔刀殺死兩隻小虎，接著進入洞中目睹母老虎從外歸來，亦怒氣沖沖的砍殺牠，在追捕重傷逃跑的母老虎時，又突然出現一隻虎，同樣被李逵殺死，一下殺掉子母四虎。（第四十三回）

【佛法解說】

久遠前的洪荒時代，人類與兇猛的獅虎野獸，可說長期間共同生活，亦敵亦友，情感怨恨的糾葛，一言難盡。

但在世人心目中的印象，獅虎都是吃人不眨眼的恐怖畜類，雙方相遇時誓不兩立，不是被吃掉，就是被殺死，毫無妥協商談的餘地，所以世人看到牠們遠遠就驚慌地躲藏起來。但獅子老虎在佛道中卻有極不尋常，又十分感人的記載，乍讀下都會覺得不可思議，豈有此理！

于法蘭大師是高陽人氏，少年時便有異乎常人的操守，他十五歲出家，精勤道業，日夜研讀經典。凡有佛法問題，他必能比別人早得契悟。快到二十歲時，大師的神貌秀逸，講經弘法的名聲已經遠近馳名了。

大師性喜山泉生活，通常喜歡住在巖壑之間。曾經在冬季期間久居山中，某日冰天雪地，只見一隻老虎慢慢走入大師的寮房來，大師見了毫不驚慌，而老虎見了大師也表現馴服，直到次日清晨，大雪停止後老虎才搖尾離去。

眾所周知，像是草食性動物，吃苦耐勞、力氣又大，古今都把牠們當作運載重貨的交通工具，雖然一般象的生性溫馴，但也有少數例外。如佛經記載，阿闍世王子飼養一隻名叫「那拉蒼利」的兇象，性格狂暴，曾在多次戰役中殺敵不少，釋尊弟子提婆達多為了奪權，企圖傷害釋尊，特地向阿闍世借來凶象，同時暗中賄賂一名馴象師，事先讓牠喝醉酒，鞭策牠狂奔，趁釋尊進城托缽走在路上不注意時，放牠狂奔去殺死釋尊……。

這在《增一阿含》第四十七記載，在提婆的唆使下，阿闍世王親自把那頭兇象灌醉了。

次日清晨，釋尊披法衣，提鐵缽，率領五百名弟子進城。馴象師遠遠望見釋尊來了，立刻放出兇象。

一群信受佛法的人，跑來稟告釋尊醉象奔馳的狀況，並且央求釋尊：「希望世尊改從別條路走吧！」五百弟子和阿難也同樣忠告釋尊。

釋尊三次回答都一樣：「何苦這樣呢？象不會害我的。」

據說一群弟子不禁捨棄釋尊，逃到別條路去了，只有阿難一人跟隨在釋尊後面。

《五分律》第三記載：當時許多人來觀望，議論紛紛：「現在有兩條龍要格鬥，不知那邊會勝利？仔細看啊！」

外道們表示：「象龍的力氣大，必能打敗人。」

佛弟子說：「人龍的道力深厚，必會降伏兇象。」

空論無憑，甚至有人出錢來打賭。

且說醉象遠遠瞧見釋尊，忽然奮耳鳴鼻，大步衝去。阿難見了忍不住躲到釋尊的腋下。釋尊斥喝阿難一陣，之後，進入慈心三昧裡。釋尊用慈悲心撫摸了醉象。只聽釋尊說道：「你不能殺害佛，如果殺害佛，會墜入惡道裡，因為佛出世不容易哩。」醉象聽了偈語，用鼻子撲地，抱緊世尊的腳，須臾間上下三次，抬頭望著佛，右邊繞走三遍才離去。

可見釋尊的慈悲力量調伏了惡象，打破牠的惡心，使牠成為一頭善象了。佛的慈愛普及天下蒼生，不論對方存有什麼怨念、殺害心或修羅心腸，都能用慈悲的能力徹底感化對方。

在旁參觀的人，都忍不住讚嘆佛陀了：

「瞿曇這位沙門不用刀杖，也能降伏這頭惡象，全國百姓以後再也不必恐懼牠，實在大快人心。」

此後，大家都在指責提婆達多，減少對他的供養，反而更崇敬釋尊，也增加供養。這樣一來，提婆達多的門下也加入釋尊的行列進城去行乞了。

某日，西藏高僧密勒日巴尊者正在藏地與尼泊爾交界的一處崖洞中禪修，乍聽犬吠之聲大作，不久看見一隻麋鹿，驚慌地跑到尊者座前，尊者見狀，心生憐憫，便對牠宣說大乘法要，唱誦美妙的道歌來安慰眼前的麋鹿……。

頃刻間又看一隻神情非常兇狠的紅色母獵犬，似乎是為了追蹤麋鹿而來。尊者目睹此情此景，不禁滿懷感傷，為了度化獵犬，便也為牠唱誦道歌，來降伏牠心中的憤怒。

不久，尊者滿懷大悲心的美妙高聲，果然順利地化度了雙眼兇狠的獵犬，獵犬很親熱地依靠在尊者的右旁，同時也溫馴安靜地臥下……片刻後，一名獵人氣喘吁吁追著來到，規見獵犬與麋鹿像母子般依偎在尊者左右兩旁，還以為尊者是施展妖術的結果……。

報載泰國某寺廟住持師父，長期間在寺廟旁飼養一群動物，包括獅子、老虎、狗、貓等，從小就找來把牠們藏居一塊兒，一同玩耍、一同居住，期間不分日夜都播放師父們誦經持咒的錄音給牠們傾聽，也許潛移默化的結果，牠們也全都受到佛法的薰陶和洗禮，所以長期間才能和睦相處，同睡同吃、相安無事，結果引起外人的注意而成為觀光景點。

九、不慎犯重罪　知錯後懺悔

【摘要】

報恩寺有位海闍黎裴如海和尚，結拜潘巧雲之父做乾爺，因此與她來往頻繁，日久生情，便有了不正常關係，後來東窗事發，潘氏丈夫楊雄與好友石秀，設計殺死姦夫淫婦……。（第四十五、四十六回）

【佛法解說】

淫欲雖然不會惱害眾生，但能繫縛佛道行者的心，所以佛陀制戒禁止。佛陀成道後十二年中，弟子均無過失，到第十三年，有位佛弟子蘇陣那始犯了淫戒，於是佛陀開始制訂淫戒，而此戒成為佛教團中最初的制禁。

在小乘戒中，置淫戒於四波羅夷的首位；在梵網等大乘戒中，因以慈悲為先，故放在重罪中第三位。

在家男女信徒僅禁邪淫，在五戒中叫邪淫戒。出家的五眾，雖總稱不淫戒，但沙彌、沙彌尼、式叉摩那三眾，犯者不結波羅夷，而稱滅擯惡作罪，剝其袈裟，擯出寺門；比丘和比丘尼二眾，因係大僧之故，犯者結波羅夷罪，不得與他僧共住，不得一同說戒、一同羯磨。

人非聖賢，孰能無過；若有行者不慎犯了淫戒，只要知錯能改，徹底懺悔，我佛慈悲，並不會被逐出佛門，亦有方便饒恕之道。

如下則記載出自《毘尼母經》第三：

有一位僧人名叫禪那陀，在山林寂靜處精進修行，信眾都很護持他，但是日子久了，只剩下一名女信徒供養他。

誰知那個女人漸漸對禪那陀有了愛意。禪那陀也明白她的心，但是，他一想起佛的教誡，便立刻打消妄念，反而更精進修行。誰知女人還不死心來到山林找他，這一來，他終於抵抗不了女人的誘惑，與她有了不正常的關係，當他警醒後，很懊悔自己的行為，便瘋狂似地掙開女人的手，往村裡跑去。他一面奔跑，一面大聲地叫喊：「小偷！小偷！」

村人看見這情景，嚇一大跳，問道：「怎麼啦！小偷拿你什麼？」

禪那陀潸然淚下地說：「煩惱的小偷搶走了我精進的道行。」

他只好向人們坦露自己的罪行了。大家聽了都同情他，只聽一位僧人建議他：「一位聖者叫做波奢，他精通戒律，你何妨去請教他怎樣清淨罪行？」

於是，他去拜訪波奢聖者，懺悔自己的罪行，並請示他怎麼才能清淨，只聽聖者反問他說：「你真想清淨一番自己的罪行嗎？」

「只要能清淨罪行，我一定做。」

這一來，聖者就命人挖一個大洞穴，並點火燃燒，等火勢兇猛時，聖者就偕同他走到火坑旁邊，說道：「你若想清淨罪行，就得往裡面跳。」

事實上，聖者早已悄悄地吩咐火坑旁邊的僧眾們「他若真要跳下去，你們可要馬上捉住他呀！」

誰知禪那陀聽完聖者的話，果然毫不畏縮地往火坑裡跳下，幸好周邊的僧眾即時拉住他了。這時才看到聖者含笑對他說：「你的罪業已經消失啦！身心也清淨啦，繼續修道吧！」

得到清淨的禪那陀，之後更精進修行，最後證得阿羅漢果位。

又有《法句譬喻經》兩則故事也值得深思、警惕。

（一）

從前佛陀在祇園精舍說法時，有兩個流浪漢，形影不離，臭味相投。他們共同商量，想出家作沙門。於是來到精舍，頂禮佛陀，合掌請求讓他們出家，佛陀便答應他們的請求，讓他們出家為沙門。

佛陀命他們共住一房，二人在一起，還很懷念世間的恩愛榮樂，有時更私下談論男女色情之事，念念不忘，因而抑鬱成病。

佛陀知道他們欲心不止，所以不能入道，便叫一人出來，自己再變他的替身入房，問他的同伴說：「我們天天想念那些女人，不如今天我們一起去看個清楚，光是空想又有何用？」

於是二人便到淫女村，佛陀在村內又分身化作淫女，這二人進入淫女的住處，便對那淫女說：「我們是修道人，受過禁戒，不能與妳同床。我們只想看看妳的芳體，不會亂來的。」

於是淫女便解下身上的瓔珞、香囊和衣服，裸體站著，這時便可聞到一股異臭。佛化沙門就告訴那位比丘說：「女人之美，只是用脂粉塗香和衣裳，蓋住不潔之處，就如皮囊盛尿，有什麼值得貪戀的？」

於是佛化沙門即說偈言：「欲我知汝本，欲以思想生；我不思想汝，則汝而不有。心可則為欲，何必獨五欲；速可絕五欲，是乃為勇力。無欲無所畏，恬淡無憂患，欲除使結解，是為長出淵。」

佛陀說完此偈，便現出光明瑞相，比丘見了，非常慚愧的悔過，五體投地的頂禮佛陀。佛陀再為他說法，便欣然悟解，證得羅漢道。

另一個比丘出外回來，見到同伴非常歡喜，便問他原因，他就將剛才經過的事告訴這位比丘，並說偈言：「晝夜念嗜欲，意走不念休，見女欲污露，想滅則無憂。」

他的同修比丘聽了此偈，便深自省思，終於斷了欲念，證得法眼。

（二）

從前，佛陀在舍衛國的祇園精舍說法時，有一位頑固愚蠢的少年比丘，性情粗野，不解佛法，情欲熾盛，不能克制，而深深的為此苦惱。有一次，他獨坐思惟，認為只有將生殖器切掉，才能清淨修道。

於是他到一位施主家，借了一把斧頭，準備回房自砍私處，他覺得就因為它（色欲），才令人在六道生死輪迴，若不斷此欲根，如何能得道？當時，佛陀知道他愚蠢的心意，其實修行者應調伏欲心，制心才是修道的根本。他不知道自斷私處是在造罪殘害自己，反而要受更久的痛苦。

於是佛陀來到他的房內，問他在作什麼？這位比丘看到佛陀進來，很快的放下斧頭，穿上衣服，向佛陀頂禮，坦白地說：

「我學道至今，仍然不解佛法，每次坐禪，快要入定時，都會被情欲遮障而意亂昏沉。每次事後，我都在心中自責，每次所以不能修道入定，都是由於這私處的擾亂，因此才決定用斧頭將它切斷。」

佛陀告訴他說：「欲求道者，應先斷除愚昧無知的想法，然後才能調伏身心。心是一切善惡的根源，若是想要切斷私處，不如先降伏此心，如果能心定意解，情欲自能消除，然後方能得道。十二因緣就是以癡為根本，癡是眾罪的根源，修行應以智慧為本體，在斷除妄想疑惑後，心意自能入定。」

這位比丘聽完佛陀的開示，深深自責的說：「我就是被愚癡惑，所以一直不能瞭解佛法，以致落的如此狼狽！今日聽佛陀開示，真是深妙！」於是他開始思惟止觀正定，終於攝心伏情，心定意解，就在佛前證得阿羅漢果。

十、瞋火太猛烈　燒毀功德林

【摘要】

戴宗偕同李逵奉命到薊州找尋公孫勝，到了目的地打聽後見到了公孫勝，不料公孫勝推說母親年老無人奉侍，而且未得師父羅真人允諾不能去……李逵聽了怒不可遏，暗中尋思要達到目的，不久知曉羅真人又沒答應公孫勝的請求……這一來，李逵的瞋火上揚，次日趁天尚未大亮便帶著兩把板斧，直奔羅真人的住處，望著羅真人的後腦劈去，砍倒在雲床上……這時一個青衣童子走來，李逵又手起斧落，砍下童子的頭顱後，自行離去。（第五十三回）

【佛法解說】

李逵是個魯莽沒有心機的漢子，身體粗壯有力，不會細心思考的蠢漢型，常常不明就理，瞋恚心強，動輒發作幾乎誤了正事，例如《百喻經》一則記載：

某年，釋尊在舍衛國的祇園精舍對眾生說法。且說五位漢子共同出錢買一個婢女回來。其中一人吩咐她替自己洗衣服，另一人也要她洗衣服，但是，她先洗了後者的衣服，前者大發脾氣，斥責她說：「我們一齊出錢把你買回來，你怎麼不先洗我的衣服。」

他立刻用鞭抽打她十遍。這時候，其他四人表示，她是共同買來的婢女，不能只讓一人鞭打，我們每人也有權鞭打她十遍。

結果，她被打得遍體鱗傷，好不可憐。

瞋，就是瞋怒、大發脾氣，這會使身心懊惱，不得安寧，這種精神作用或心緒，只有欲界眾生才有的煩惱，色界與無色界沒有。

這種心緒是佛道行者最大的障害，經論中的警誡屢見不鮮，《大智度論》說：「瞋恚其咎最深，三毒之中，無此重者；九十八使中，此為最堅；諸心病中，第一難治。」

依《釋禪波羅蜜次第法門》說，佛道行者修禪定時，有以下三種瞋恚的發相：

（一）非理瞋相，修行者修禪定時，瞋覺突然生起，不問是非道理，無故而發瞋恚，障於禪定，是為非理瞋相。

（二）順理瞋相，修行者修禪定時，為外人所惱而生瞋恚，猶如持戒的人，見非法者而生瞋恚，此瞋雖順理，但也障於禪定，是為順理瞋相。

（三）諍論瞋相，修行者修禪定時，執著自己所解悟者為是，而以他人之所行所說為非，以他人所說不順於己，即起瞋恚，亦會障於禪定，是為諍論瞋相。

來果老和尚是中國近代禪宗大德，與虛雲老和尚同為佛門龍象，在心行滅處，均曾桶底脫落，親見自性。

來果老和尚生於光緒七年，二十四歲曾到浙江普陀山三聖堂自剃出家，之後到處參訪，駐足金山，承法於高旻，終於成就一代大德。民國四十二年圓寂於大陸，世壽七十三歲，在老和尚的法語中開示「戒瞋」的重要，慈悲語氣，令人動容，今將摘要於下：

參禪人，應知瞋怒為傷身害命之淵府，並不費大事。只要見人與我不利，聞人與我有害，即惡言一句，眼珠一翻，大臉一紅，始做瞋怒生活，有言語爭吵者，有拳打腳踢者，有送官加刑者，有互相結恨者……這一來，弄得日夜不安，連做夢也在打架，可憐累到來世。

有些心狠者，即一見仇人便弄死；心弱者，即怕他來害我，趕快躲好；二人到了來世，惡者如貓子、弱者如老鼠，見面即死。又如兔子，見狗子即死。又如羊子，見老虎即死……。

一世人生幾十年，能有一次，吵一回鬧，扛一回喪，打一回架，出一惡言，喉嚨稍大點，臉上稍紅點，眼睛鼓出點，這樣一次二次，就能造到無邊惡業。今生不能懺了，就要弄到來世；他不能逃你的手，你不能饒他的命。嗚呼！造業稍大點，畜生餓鬼，萬劫無期。業再大點，阿鼻諸獄，何日回頭？

悲乎！跪勸同仁，急將大地人與非人，當我過去父母，未來諸佛。有此辦法，凡信我勸者，我敢保你無過，向後見了仇人磕響頭。聽到害我者，急忙向對方痛哭說：「我是你的逆子，求我父母，赦我一次，改過前非。」如此辦法，害我者見你一哭，即不便害。自此今世後世便更加親密。世人能將冤親作父母孝，作諸佛敬，此是除瞋恨的根本辦法。

要知瞋是傷人毒節，瞋是斷人慧命；瞋是殺人利斧，瞋是地獄火車，真要除瞋，只有參禪，如斧底抽薪辦法，除此以外，盡是揚湯止沸，行人大須揀擇。

最後，請一同恭讀下則《星雲說偈》——「莫起瞋恚」。

若起瞋恚欲害彼，未及前人先自燒；
是故常念行慈悲，瞋惱惡念內不生。

——《坐禪三昧經》

有的人脾氣不好，一生起氣來就口出惡言，甚至出手傷害別人，這首偈語警示我們：舉心動念要常存慈悲，莫起瞋心傷害他人，有時害人不成，反而先害了自己。

就如《四十二章經》有云：「惡人害賢者，猶仰天而唾，唾不污天，還污己身。」意思是惡人毀謗陷害賢人，就像對天而唾，唾不到天，反而掉到自己臉上。

又如「逆風坌人，塵不污彼，還坌於身。」逆風揚塵，塵土污染不到對方，風一吹，反倒飛回自己身上來了。

就像送禮給人，人家不接受，禮物只好自己帶回去。同樣的，不要以為罵人、害人、騙人，是讓別人受苦，自己還洋洋得意，很可能到頭來是自食惡果，先受其害。

佛門常教誡不要有害人的心、嫉妒別人的心，更不要有傷害他人的心。自己的舉心動念，不要以為沒有人知道，即使對方不知道，因果會知道，天理會知道，甚至諸佛菩薩也全都知曉，這些一定會有因果報應的。

那麼，怎麼對治內心瞋恚的壞心呢？

要時常清除心裡的垃圾、污穢、塵埃，也就是消除心中的貪欲、瞋恨、嫉妒、愚癡、邪見，讓心中沒有這些染污不淨的念頭；心中常存慈悲，心、智慧心、仁愛心、奉獻心、歡喜心、尊敬心……也就是時時存著為人好的心，而不是只想著為自己好。

想擁有一顆慈悲的心，心要經過訓練。所謂「心猿意馬」，心就像猿猴一樣，總是蹦跳不已，可是只要經過訓練，就會聽話，不會暴躁亂跳。

我們的心，也要經常練習保持內心的平靜，久而久之，內心就能安定，煩惱惡念自然不容易生起，更不會因為瞋恨一起而傷人傷己了。

第四章　畢竟塚間餓狐狼　切勿惡見生貪愛

一、大顯神通　慎重其事

【摘要】

（一）公孫勝的師父有神通，某日，羅真人喚道童拿出三條手帕，他先取一條紅手帕鋪在石頭上，命公孫勝雙腳踏在上面。羅真人把袖一拂，喝聲道：「起！」那手帕化作一片紅雲，載了公孫勝冉冉騰空而起，離山峰約二十餘丈。羅真人喝聲：「住！」那片紅雲不動。之後又鋪上一條青手帕，以同樣方式載走戴宗……。（第五十三回）

（二）……高廉取下那面聚獸銅牌，把劍去擊，用力敲打三下，只見神兵隊裡捲起一陣黃砂來，罩得天昏地暗，日月無光。喊聲起處，豺狼虎豹，怪獸毒蟲，就這黃砂內捲將出來……。公孫勝馬上拿出一把松文古定劍來，指著敵軍，口中念念有詞，喝聲道：「疾！」只見一道金光射去，那群怪獸毒蟲，都在黃砂中亂紛紛墜於陣前，眾人一看，都是些白紙剪的虎豹走獸……。（第五十四回）

【佛法解說】

依經典記載，佛教的神通確是不爭的事實。不過，佛道行者展現神通以前，必須持謹慎態度，非不得已不得妄用，那只是弘法的方便或助緣而已。如佛陀偶而靠天眼洞悉某地某人的宿世福報和善緣不錯，開悟因緣即將成熟，便以神通前去，化身為第三者去點醒他，助予一臂之力，使他能夠開悟證果。此外，佛陀在不得已的情況下，也會偶爾運用一下神通，例如下則《四分律》記載。

早年印度有六位外道思想家，各人都擁有數萬名弟子，他們跟釋尊分庭抗禮。王舍城有位長者信奉六師外道。某日，他用大栴檀樹做缽，以寶物做袋子，放入缽中，豎立起標幟，上面記述著：「王舍城中不論僧眾或婆羅門，凡能達到羅漢悟境，兼得神通力者，可以取走這個缽。」

於是，六師外道逐一上陣，各顯神通要拿下那個缽，但是始終無人拿得到。

這時，賓頭盧聖者和目連聖者，正坐在一個大石頭上，賓頭盧聖者對目連聖者說：「你已證得羅漢果位，世尊稱你是神通第一，何不去拿下那個栴檀缽呢？」

「我不曾在白衣面前表現神通，你也是證得羅漢果，又大有神通，世尊說你是獅子吼第一，你才應去取那缽才對。」

賓頭盧聽了，果然忍不住氣舉起大石頭，騰身躍上空中飛往王舍城上空盤旋七次，城內百姓都擔心大石頭掉下來，紛紛東逃西竄。長者站在高樓上遠望聖者，亦不禁合掌作禮說道：「請您把這個鉢取下來吧！」

賓頭盧來到高樓上拿下鉢了，之後還給長者，長者裝上許多美食後，再獻給聖者。聖者收下後，再度大顯神通，向高空飛去。

僧團中有些比較穩重的人，對賓頭盧的行為不以為然，甚至有人大加指責，同時將此事稟告釋尊，釋尊立刻召集大眾，當面向賓頭盧說：「果有此事嗎？」賓頭盧應答說有。

釋尊接著開示：「你的行為不是僧人應該做的，為那無意義的木鉢，竟在俗眾面前顯現神通，無異如同妓女為了一點點錢，竟肯在眾目睽睽下跳舞一樣。」

釋尊說到此，又把賓頭盧呵斥一頓，同時打碎那個栴檀鉢，以作為僧眾的警惕。

釋尊藉此又制訂一條戒律：「以後不許在白衣面前展現神通。」

六師外道知悉後很高興，因為他深知釋尊一旦做了決定，決不會再觸犯它。

二、妙手神偷莫得意　洗手不幹是王道

【摘要】

時遷的偷竊技藝第一流，被江湖人稱為「鼓上蚤」。某年奉了梁山泊領袖之命，到東京打聽金鎗班教師徐寧家……白天先摸清楚徐家附近的地理情況……夜晚時，他爬上徐家附近一株大柏樹，坐在樹頂上靜靜等待徐寧回家，果然不久看到徐寧返家……時遷從樹上溜下來，不費力氣便爬進徐家小院裡……潛入廚房內，待兩個丫環上床睡覺後，他順利從臥房的樑柱上解下一個皮匣，不料聲音驚醒了徐寧的妻子，時遷馬上學老鼠叫、學老鼠廝打，片刻後才溜出來，悄悄開了樓門，背著皮匣溜到外面，一口氣奔出城外……。（第五十六回）

【佛法解說】

偷盜戒是佛教徒必須遵守最起碼的五戒之一。它對佛道行者的負作用，《楞嚴經》寫得很明白——

阿難！世界上的六道眾生，若是不起偷心，就不會跟著偷、竊、盜、扒、搶、奪、劫、掠、侵吞、霸佔、欺騙、詐偽、拐棍、敲詐、盤剝、刮削、威脅、

恐嚇、勒索、貪污等等盜業去輪迴生死。

你之修習正受，為要擺脫塵勞的牽累，若不先把偷心除掉，塵勞亦不能擺脫。縱使有很高智慧、禪定時時現前，假如不斷除偷心，必會墮落於邪道，最高的是精、靈、魔、怪、盜日月之精華，竊天地之靈氣，附山托水，惑人祭祀，中等的為妖、為魅、為魍、為魎，盜人物之津液、竊山林之氣潤，下等的就是邪人，被精靈所依附，受妖魅所迷亂，這一大批妖邪，也有黨羽徒眾，都以為成就了無上妙道。將來我滅度以後，末法時期，這些邪人妖魅，也是多到不得了，時時處處，總是潛蹤詭秘、匿跡藏奸、欺世盜名、投機取巧、冒充大善知識，自謂已經得到真傳秘訣、誇惑那些沒有見識的愚人，以恐嚇的言詞，使人徬徨無主，榨財取物，破產傾家。

阿難！你教世間修習正定的人，還要斷除偷盜，這是如來以及先佛世尊，第三條明明白白決定要遵守的教義。所以，阿難啊！若是不斷偷心而修禪定，猶如以水注入破漏的水杯裡一樣，想要斟滿這一個杯，縱使斟到百千萬劫，都不能斟得平滿。世上的出家人，除了三衣一缽以外，一點一滴，都不該私自儲蓄、乞食所得、食剩的餘飯，應要轉手佈施一切饑餓眾生，必使自己的身心，都能捐捨，甚至血、肉、骨、髓都可以分給眾生，才是扭轉慳貪、大悲同體的表現。於大集會之時，合掌禮敬四眾，設使有人把你捶打詈罵，還要歡喜領受，同於稱讚一樣。這樣就偷心盡絕、一念純真。

再從《阿含經》以下兩則記載，可知佛陀對徒眾耳提面命，搶奪或偷盜的罪行對於莊嚴神聖的生命是多麼污穢，即使活得長命百歲也失去意義。

（一）

有一天，三十位比丘各自從佛陀得到禪修的業處後，到遠離舍衛城的一個大村落去。這時候，茂密的森林中有一群搶匪要用活人去供養森林的守護靈，他們就到林子裡的精舍去，命令比丘們交出一位比丘，做為祭祀的犧牲。每一位比丘，不管年齡大小，都願意犧牲，其中一位小沙彌沙其卡，他是受舍利弗指派前來的，雖然仍是稚齡孩童，但由於累世以來積聚了眾多善業，他已經證得阿羅漢果。他透露說他的老師——舍利弗預知這次行程會有危險，所以特意安排他陪同其他比丘一起來，而且他應該隨搶匪去。其他比丘聽他這麼一說，雖然很勉強，但他們對舍利弗深具信心，便同意由小沙彌隨搶匪去。

搶匪的祭祀準備就緒後，搶匪頭目就高舉著劍，朝小沙彌重重擊下，小沙彌這時候正在禪定中，結果劍不僅沒有砍傷小沙彌，反而彎曲變形。頭目就另外換一把劍，再砍下去，這次整柄劍向上直彎，也同樣不能傷到小沙彌的一根汗毛。這兩次的異常現象讓搶匪頭目震驚不已而放下劍，並且向小沙彌下跪，請求原諒。其他搶匪全都訝異不已，也一起認錯。他們要求能夠追隨小沙彌修行，小沙彌便答應了他們的請求。

小沙彌就在這些新比丘的陪同下回林子的精舍去，其他比丘看見他回來都很高興，也鬆了口氣，大家就回祇樹給孤獨園向他們的老師舍利弗禮敬。之後，他們去見佛陀。佛陀告誡他們：「比丘們！即使長命百歲但犯下搶奪、偷盜或種種罪行，生命就毫無意義：德行具足的活一天比污穢的百年歲月更有價值。」

（二）

喬達那尊者從佛陀得到禪修的業處後，到森林中去禪修，並且證得聖果。證得聖果後，他回精舍去向佛陀頂禮問訊。路上，他停下來稍微休息一下，就坐在石板上，進人禪定。

這時候一群剛去劫村子的搶匪們也來到他休息的地方。他們誤以為他是個樹樁，就在他身上周圍放置他們搶奪來的贓物。第二天，天亮時，他們才發覺原來他是活生生的眾生，但他們又錯以為他是惡魔，嚇得想要急忙逃走。

喬達那告訴他們，他只是位比丘，不是惡魔，請他們不要害怕。搶匪們對他的話感到訝異，就請他原諒他們誤認他是樹樁的錯誤，他們也決定出家修行。

喬達那就在他們的陪伴下回到精舍，並且向佛陀報告事情的經過，佛陀告誡他們：「如果長命百歲，但是無明，盡做傻事，也是無益的人生：現在你們都已經明白佛法，變得有智慧了，所以，當一天有智慧的人，比長年無明的人更有價值！」

這些新出家的比丘從此信受奉行佛陀的教法，努力成就自己的道業。

三、共業和別業　世間真實相

【摘要】

某年，晁蓋率兵攻打曾頭市的「曾家五虎」，雙方勝敗難分，互有傷亡……晁蓋悶悶不樂，某日忽有兩個僧人直到晁蓋寨裡來投拜，他們自稱是曾頭市上東邊法華寺的監寺僧人，由於平時常被曾家五虎騷擾咆哮，強索金銀財帛……兩個僧人深知他們出沒去處，及其家族附近的地理情況，故願意帶領晁蓋等人去劫寨……晁蓋聽到相信不疑，不怕有詐，於是親自率領二千五百人馬趁黑夜前去……不料，行不到五里路，忽然不見兩個僧人，四下也無人家，大家慌張要退回之際，撞到一隊軍馬亂箭射來，其中一箭正射中晁蓋的臉，鮮血直流，即刻墜地，幸被人搶回……不久傷重死去。（第六十回）

【佛法解說】

戰爭是人間最大的悲劇，也是參戰者業力招感出來的一種共業，大家誰也說不上是非對錯，純粹是無奈的行動，但是，共業中亦有不共業的存在……。

一場戰鬥之後，雙方都有許多士兵陣亡之外，肯定也有人身受重傷，奄奄一息；有人僅受輕傷，有人卻能毫髮無傷，平安回來……這即是不共業。

晁蓋率領二千五百人馬去攻打，回來只剩下一半軍馬，這算是他們的共業，有人重傷、有人輕傷、有人完全平安等現象，堪稱共業與不共業的結果；由於各人的福報業因千差萬別，在無始劫中果報也各不相同……。

共業，意指眾生共通的業因，能招感自己與他人共同受用的山河，大地等器世界，這乃是依業因果報的業；而個人的業因能招感個人受用的五根等正報的業果，就是不共業。說得更明白些，共業是指共通的果報，如山河大地（器世界），和無數生物等是；不共業是有關各個生物的身體，或各個生物特有的果報，也稱為別業。

例如，我們出生為人是共業，但見同樣是人，仔細一瞧，卻是千差萬別，如有六根具足與殘障者，相貌有莊嚴與醜陋，膚色有白、有黑、有黃……音聲有優美與粗俗……這種種差別都是業因業報所使然。

一切眾生所以有一切果報，必然來自業力所招感。有業然後有報，有種種不同的業，故有各各不同的報。業是非常多，非常複雜的，故果報也是極多，且又極複雜的。那麼，什麼是業呢？什麼是報呢？

印順導師說：業是事業，是動作。我們的內心，身體與語言的動作，凡由於思力——意志力所推動的，都是業……有某種業力，就能感到某類的果報。說到報，嚴密的意義是異熟——異類而熟：這在因果系中，屬於因果不同類的因果。

四、口是心非　難逃果報

【摘要】

某日，有北京大名府在城龍華寺法主大圓和尚，經過梁山泊，被請在寨內做道場，閒談中透露河北有位鼎鼎大名的「玉麒麟」盧俊義員外，家境富裕，又有一身好武藝，棍棒天下無敵，被稱為河北三絕，若得此人加入梁山泊，就不怕官兵來緝捕……吳用表示自己只要略施小計，必得盧俊義上山來……他果然憑三寸不爛之舌，偽裝算命師到北京向盧俊義卜卦算命，一陣胡說八道，竟然使盧俊義信以為真，之後拋棄家庭，跌跌撞撞加入梁山泊，結果家庭破碎、妻子私通傭人，自己當然變成朝廷捉捕的罪犯了……。（第六十、六十一回）

【佛法解說】

大圓和尚一段無心之談，扯出來盧俊義，結果使盧俊義家庭破碎、傾家蕩產、妻子死亡、僕傭失散、自己成了朝廷逮捕的罪犯，真正造了惡口業。吳用憑自己多端詭計，觀言察色的本領，和能言善道的口才，使盧俊義被牽著鼻子走而不自覺，因而從平日安靜舒服的日子，走到完全相反的生活天地……總之，吳用所造身口意三業更為惡劣和嚴重。

表面上，吳用賺到盧俊義加入梁山泊的願望達到，可說大功告成，但從三世因果的高度看，吳用罪大惡極，地獄大門正在等著他。

下則《大智度論》記載可為佐證。

俱伽離是提婆達多的弟子，他經常打聽舍利弗與目犍連的過失。

此時，他們兩人夏安居完畢後，到各國去教化了，一天，忽然天下大雨，他們來到一個陶器廠裡。當晚也住在積堆陶器的房裡。誰知那間房內早有一個女人睡在黑暗處，兩人完全不知道。那個女人晚上做夢，下體流出髒物，次晨，她匆匆跑到河邊去清洗。

剛巧，俱伽離經過那邊看見了。雖然他深知女人跟男人做愛的情狀，但卻分不清那是出自做夢，或實際的東西？當時，俱伽離回顧弟子說：「這個女人昨晚一定跟誰私通了。」他不禁走前去問她：「你昨晚睡在那兒呢？」她答說：「我暫時睡在陶器匠的房間。」對方又問：「你跟誰在一塊兒？」她答說：「跟兩位比丘。」

他們說完話時，只見兩人正好從房裡出來。俱伽離打量一下他們，心想他們兩人一定跟那女人亂搞。首先，他心生嫉妒，之後才表示：「我看見他們幹的好事。」接著就到各個村落去宣揚了。當他來到祇洹時，竟開口大罵起來。

其間，適逢梵天王下凡來，想要拜見佛陀。佛正好在安靜的房裡，入寂然三昧，其他比丘也各把自己的小房間關閉，紛紛進入三昧裡，還沒有醒過來。梵天王暗忖：「我特地下來見佛，不料，佛入三昧裡。既然如此，我再待一會兒，不然乾脆回去便了。」不過，他馬上又轉變心意，自言自語：「佛大概不會在三昧裡停留太久才對？」

他只留片刻，就走到俱伽離的小房間前面，敲門問道：「俱伽離呵！俱伽離呵！舍利弗與目犍連都是心地純潔，性格溫和的人，你破口大罵他們，希望你在長夜裡不要受苦才好？」

俱伽離很客觀地問道：「閣下是那一位？」答道：「我是梵天王。」俱伽離問：「佛說你能到達阿那含道（**切斷煩惱，不再回到欲界受生**），你為什麼又跑來呢？」

梵天王沉思片刻，作偈說道：「若想計量無法計量的法，不能單憑外表來處理。若想計量無法計量的法，這種世俗野人會遭到慘敗。」

梵天王一說完偈語，一轉身走到佛的房間，把剛才的情形詳述一遍。佛說：「好，好，這首詩偈說得好。」

這時候，佛世尊也照樣說出這首偈語了。

「若想計量無法計量的法，不能單憑外表來處理。

若想計量無法計量的法，這種世俗野人會遭到慘敗。」

梵天王聽到佛說完偈語，忽然失去蹤跡，返回天界去了。

這時候，俱伽離來到佛的房間，先面向佛頂禮，然後退在一邊站立。佛告訴俱伽離說：「舍利弗和目犍連都是心地清淨，性格溫和，你毀謗他們，希望你不要在長夜吃苦頭。」

俱伽離稟告佛說：「佛固然說得沒錯，但我不信任他們。不論如何，是我自己親眼看到的，我知道他們幹的好事。」

佛像上述一樣，連續斥呵他三次。但是俱伽離照樣不聽。當俱伽離離開座位，回到自己的房間時，忽然全身生出瘡來，起初像芥子般大小，逐漸長大得像豆子、棗子之後，又逐漸長大，好像蘋果般大小，片刻後逐漸長得像西瓜一樣，而且潰爛得好像紅燒一般，害得他大聲哭泣，呻吟不止，到了夜裡一命嗚呼。之後，他也墮入大蓮華地獄裡了。

一位梵天夜裡下來，稟告佛說：「俱伽離已經死了。」接著，又來一位梵天說：「他墮入大蓮華地獄裡了。」

黑夜快要結束，佛召集一群比丘，告訴他們說：「你們想知道俱伽離墮入地獄要待多久嗎？」

比丘們說：「我們很想聽聽。」

佛說：「假定有六十斛的胡麻。即使某人過了百年拿起一粒胡麻，如此拿不完，殊不知阿浮陀地獄（**八寒地獄中排名第一**）的壽命，也照樣沒有完。二十阿浮陀地獄中的壽命，相當於一尼羅浮陀地獄（**八寒地獄中排名第二**）中的壽命。二十尼羅浮陀地獄中的壽命，相當於一呵羅邏地獄（**八寒地獄中排名第三**）中的壽命。二十呵羅邏地獄中的壽命，相當於一呵婆婆地獄（**八寒地獄中排名第四**）中的壽命。二十呵婆婆地獄中的壽命，相當於一休休地獄（**八寒地獄中排名第五**）。二十休休地獄中的壽命，相當於一漚波羅地獄中（**八寒地獄中排名第六**）的壽命，二十漚波羅地獄中的壽命，相當於一分陀梨迦地獄（**八寒地獄中排名第七**）中的壽命，二十分陀梨迦地獄中的壽命，相當於一摩訶波頭摩地獄（**八寒地獄中排名第八**）中的壽命。俱伽離現在已經陷入摩訶波頭摩地獄裡了。之後，他正伸出大舌頭，用百隻釘子軋上，用五百頭犁去翻滾。」

接著，佛世尊作偈說道：「且說人生下來，嘴裡含有一把斧頭。它所以會斬人的身體，由於他的惡言惡語。該罵不罵，反而稱讚；該要稱讚不稱讚，反而斥呵。嘴裡多惡，以至看不見快樂。心的活動與嘴的活動者會生惡，使人墮入尼羅浮地獄。直到百千世代期滿，都會嚐盡許多毒苦。如果出生阿浮陀地獄，會直到三十六世代。另外再多出五世代期滿，也一直飽受苦毒。內心受制於邪見，而破壞聖賢的話，會像實心的竹子一樣，自毀其形。」

世人不要一味稱讚能言善道，或三寸不爛之舌的功能，更重要的應先看他說話的動機與心態，如果口是心非，結果肯定害人害己；有人即使木訥寡言，如果心好也照樣令人刮目相看，尤其總比惡言多言好得多。

下則《星雲說偈》——「惡口之害」，堪稱為人處事的座右銘，應可參究咀嚼，絕對受用。

猛火熾然，燒世間財；

惡口熾然，燒七聖財。

——《大方便佛報恩經》

這段經文出自《大方便佛報恩經》，說明了慎護口過的重要。

世間的災難很多，尤其人為的火災，平時就必須謹慎防範。因為大火一來，不僅燒毀自己的住所，甚至火勢延燒，左右鄰居也會遭受無妄之災；燒毀的不僅是財富，甚至還會危及人的生命安全。

有形的大火所燒毀的，是以世間財物為主，比大火更可怕的是惡口。惡口，即口出惡語漫罵、毀謗他人。惡口比大火的傷害更為嚴重，因為它能燒毀我們清淨自性中，七種能成為聖賢的財富。這七種聖財是什麼呢？

（一）**信仰**：信仰是我們的財富。有的人為逞一時之快，說：「我才不要信仰什麼宗教」、「我不相信因果報應」、「我不相信神明、佛菩薩」等話語，一個惡口，將信仰的財富都燒光了。

（二）**慚愧**：人有慚愧心、羞恥心，便懂得自我反省、勇於改過，就能懺除罪愆。反之，一個不知慚愧羞恥的人，什麼壞事都可能做得出來。因此要常慚愧自己無知、無德、無能，慚愧自己的不足。

（三）**懺悔**：有了過失並不可怕，可怕的是不知懺悔、不肯認錯。懺悔如水，以懺悔的法水洗去內心的染污，讓心地無有垢穢，人生會更有意義。

（四）**禪定**：即使只是短暫的禪定，因身心靜定專注一境，妄心頓息，而能消除八萬大劫的罪過，因此有謂「老僧一炷香，能消萬劫糧」，說明禪定有很大的功德。

（五）**智慧**：智慧也是我們的財富。有智慧的人必定時時攝持正念、謹言慎行，不任意對他人出惡口，因此處人處事皆能自在無礙。

（六）**歡喜**：世間最寶貴的莫過於歡喜。真正的歡喜是能與人共享共有，不妒嫉人有，是無私無我的歡喜。

（七）**忍耐**：由於不能忍一時之氣而口出惡言，不但傷人傷己，也會把前面的信仰、慚愧、懺悔、禪定、智慧、歡喜等聖財全部燒毀。

因此，這四句偈警示我們，無論做人處事，或者修行也好，要想有所成就，不僅要小心防範外在的大火，內心貪瞋癡猛火所引發的惡口，更應時時戒慎防護！

五、何必聽天由命　命運全靠自創

【摘要】

吳用偽裝算命師去拜訪盧俊義員外，吳用謊稱：「員外貴造一向都行好運，獨今年時犯歲君，正交惡限；恰在百日之內，要見身首異處。此乃生來分定，不可逃也……除非去東南方巽地上一千里之外，可以免此大難：然亦還有驚恐，卻不得傷大體……」吳用又口歌，讓盧員外以筆寫下四句卦歌——「蘆花灘上有扁舟，俊傑黃昏獨自遊。義到盡頭原是命，反躬逃難必無憂。」

盧俊義聽後相信不疑，便決定到東南方一千里外躲難，不管家人怎樣反對和懷疑都聽不進去……。（第六十一回）

【佛法解說】

佛教反對算命說，也反對出家人靠卜卦算命討生活，所以稱這門行業為邪命，意指非正當的謀生之道。《大智度論》說，比丘如果為了獲得衣食資具而說法，就叫邪命說法，它分為以下四種邪命食：

（一）下口食，謂種植田園，調和湯藥，以求衣食。

（二）仰口食，謂仰觀星宿、風雨，以術數之學求衣食。

（三）方口食，謂曲媚權門，阿諛富豪，巧言而求食。

（四）雜口食，謂研習咒術，卜算吉凶以求衣食。

同書又說邪命有五種：（一）以欺詐表現奇特之異相。（二）誇耀自己的功德。（三）占吉凶。（四）高聲威嚇。（五）稱讚供養者。

明朝袁了凡先生教育兒子所作的家訓，精闢卓越，膾炙人口，在中國民間流通很廣。其大意是「造命者天，立命者我」，命運確可轉移；因此世人應當奮發向上，不可自甘墮落，而改造命運的秘訣在斷惡修善。

星雲大師曾對命運發表了相當睿智的看法。大師說：習慣、迷信、情念、權力和業力等，會控制人的命運；但是，命運是可以被改變的，那麼，改變命運的方法有四種：一是觀念，二是信仰，三是結緣，四是持戒……總之，佛教對命運的看法也有以下四種：

（一）佛教認為命運不是定型的，命運是可以改變。

（二）佛教重視宿命，但佛教更重視未來的命運。

（三）佛教不鼓勵人聽天由命，佛教盼人開創命運。

（四）佛教不光是盼人樂天知命，更盼人能洗心革命。

一言以蔽之，佛教本無命運這個名詞，僅有宿業之說；宿，指過去。業，分為身業（身體的行為）、口業（言語）、意業（內心所想的事）三種，係由過去所作的種種因，而導致現在所得之種種果，這種因與果的相互連鎖（因緣），就叫業。由過去、現在，至於未來，皆會受到一股極大的力量的支配；個人的業，隨著這股力量在流轉，而毫無抵抗的餘地。尤其，個人的業有時雖小，但也可能被逼壓入較大的業流中。這種論點近似於命運，但亦有些差異，那就是，個人如有強烈的意志，便可憑此意志帶動自己的業流；甚至若得轉機，就可跳出業的果報。這就是說，佛教確認人類有自由意志的基本力量和精神。

最後，請玩味下則《舊雜譬喻經》記載：

從前，某地住著一位婦人，她生下一個女嬰。這個女嬰眉清目秀，看似人間罕見的美女。她長到三歲，國王召見她，並叫一個婆羅門替她看相，然後問這個女孩將來是不是要歸屬那個丈夫？道士回答，她早已名花有主了。

但是，國王想要將來占為己有，不肯把她讓給任何男人，就有意好好栽培她，於是叫一隻白鳥來問：「你住在哪裡呢？」

「我不能接近人類，也不能接近獸類，只能住在深山的樹上，樹下雖然有水流，但是，船隻不能通行。」

「那麼，我把這個女孩寄養在你的地方，托你好好教養她。」

白鳥聽從國王的命令，就把那個女孩帶回自己的家裡。接著，國王每天送食物來，培育這個女孩。光陰迅速，日月如梭，幾年總算平安過去了。有一天，一個男人被水流沖來，走到這座山裡，並且爬到白鳥這棵樹上，跟女孩和好同居。但是，她把這個男人暗藏起來，不讓白鳥看見。不久，這個女孩懷孕了。

白鳥發現此事，立刻趕走那個男人，同時不得不將此事的始末稟告國王，沒想到國王反而心平氣和地說：「原來如此，那個婆羅門占卜得很準。」

婆羅門聽說此事，也淡淡地表示：「人是有宿命的，任何力量都不能改變它。」

六、夢中預兆　果有其事

【摘要】

宋江攻城不破，連續幾天悶悶不樂，某夜獨坐帳中，忽然一陣冷風，刮得燈光如豆。風過處，燈影下，閃閃走出一人，宋江抬頭看時，卻是已去世的天王晁蓋，欲進不進，叫聲：「兄弟！你不回去，更待何時？」

宋江吃了一驚，急起身問道：「哥哥從何而來……」，晁蓋說：「兄弟的陽氣逼人，我不敢近前，兄弟有百日血光之災，只有江南『地靈星』可治，你可早收兵，此為上計。」宋江想要再問明白，趕向前去說道：「哥哥陰魂到此，望說真實！」被晁蓋一推，撒然覺來，卻是南柯一夢。便請吳用到中軍帳中備述前夢……次日，宋江神思倦疲，身體發熱，頭如斧劈，一臥不起……只覺背上疼熱，紅腫異常……後來請來醫生安道全治癒了。（第六十五回）

【佛法解說】

依《毘婆沙論》載，做夢的原因有五種：

（一）體弱多病，容易做夢：如夢到山崩，被盜賊逐，或夢見猛獅兇虎……總之，病人之夢都是恐怖和驚怕的事。

（二）日有所思，夜有所夢：凡與日常生活有關，如感情的不安，生活的起伏波折，都可能夜入夢中。男女交往，朋友爭執，與主管激辯等事都會在夢中出現。

（三）曾經有過的又來托夢：即使那些事情發生了很久，亦偶爾會復現睡夢中，由於我們身口意的業力，像種子般潛伏於八識田中，成為一種經驗、習氣，遇到思想運作的因緣，於是會做夢。

（四）未來將發生的人事物：跟人的身體、心理和時空關係密不可分，即使有些尚未發生，但見我們的生理、心理常會有自然反應，故在夢中就先有預兆。

例如夢見某人，次日果然看見他，而這即是所謂托夢成真的情況。

（五）想夢：世間許多夢境，幾乎是憶念、意想所成，無想則無因，無因則無夢，這種想夢有時由於前世業因的作用，難怪在夢中發現自己成為另一種完全陌生的身分……。

道安大師生平常注釋經論，他深怕違背經義，便發誓說：「若所說不悖背佛理，願見瑞相指點。」果然在夢中見到一位梵行道人，白髮長眉，對大師說：「君所注經典都很合乎佛旨，我因佛陀指示不得入涅槃，現住在西域，當助你弘揚佛道。」後來，《十誦律》傳到中國，慧遠法師始知道安大師所夢見的僧人，原是賓頭盧尊者也。因而在寺內立座設食供養，後來供養尊者像，便成為各寺廟的常規。

僧濟大師某年住在廬山不久，忽然感染重病，於是虔誠求能往生西方，觀像彌勒。慧遠法師給他一支蠟燭，囑他運心安養，大師執燭憑几，停想不亂……他在夢中見自己秉持一燭，且睹無量壽佛，將他接置於佛掌中，遍至十方。不覺忽然醒來，告訴諸位侍病同學，且悲且慰，自省自身四大了無病苦。次日忽然要穿鞋起立，他凝視虛空，如有所見，片刻後又再臥下，面色和悅對旁人說：「吾去矣！」因而轉身右脅臥，言盡氣絕，時年僅四十五歲。

法安大師是慧遠祖師的弟子，善持戒行、講說諸經、兼修禪定，更能教化愚昧之輩改邪歸正。

晉安帝年間，大師來到新陽縣某寺廟居住時，因想作畫像，奈何缺乏銅青而不能如願，某夜忽夢見一人走近床前對他說：「在這裡地下有銅鐘。」大師醒來請人挖掘，果然獲得兩口銅鐘，始得完成銅青畫像。後來以一鐘助慧遠祖師鑄造佛像，一鐘則由武昌太守借去，留在彼處。

曇邕大師是關中人，從道安法師出家，住在廬山西南，跟弟子曇果專修禪定。

某日，其弟子曇果法師夢見山神求受五戒。曇果法師對山神說：「家師在此，你去求他吧！」幾天後，曇邕大師見一人披著單衣戴著軍帽，風姿端雅，隨從有二十幾人，請受五戒。由於大師早從弟子口中知悉夢中事，曉得對方是山神，便為他們說法授戒。於是山神供養大師一對外國勺箸，禮拜辭去。

曇諦法師本姓康，祖先是唐居國人，漢靈帝時歸化中國，漢獻帝末年移居吳興。法師的母親黃氏，某日在白天小睡時，忽然夢見一位僧人走來，叫她作母親，並寄託她一支拂塵與鐵鏤的書鎮二枚。黃氏恍惚中醒來，看見兩物俱在，深感詫異，不久後便懷了法師。

法師五歲時，母親取出夢境得到的東西給他看，法師看了說：「這是秦王給我的。」母親問他：「你把它放在何處？」法師則記不起來。十歲時出家……某年跟隨父親到樊鄧，遇見關中來的僧侶僧碧等人，而他們彼此從未見過面，法師忽然叫出僧碧的名字，對方驚訝不已，忙問童子說：「你怎知我的老名呢？」法師說：「我忽然覺得和尚你是我的沙彌，曾經為眾僧採菜時，被野豬咬傷，所以才不自覺叫出您的名字。」果然僧碧過去是弘覺法師的弟子，有一次幫眾僧採菜時被野豬咬傷，僧碧回想時，彷彿是昨天的事。

現請一同恭讀星雲大師的法語──「說夢的神奇」。

「夢，超越時空的界限；夢，泯除人我的對待。在時間上，夢可以貫聯古今，橫遍百代，無論是過去、現在、未來，都可能出現在夢中的一剎那，在空間上，夢中可以翻山越嶺，神遊宇宙，可以遍行無礙於三千大千世界。在夢中，沒有人際關係的隔閡，我可以稱作你，你可以是我，沒有你我他的彼此分別與稱謂。」

「夢是白天思想的延續，被壓抑的願望在夢中可得到舒解的滿足。不可告人的隱情，在夢中可得到完全的奔放。夢是潛意識的產物，是無計劃的聯想，是內部生理已有的暗示，是外在生活刺激的影響。今天是一個精神上飽受煩惱苦悶，感情最容易發生混亂糾葛的時代，平常有些話不敢說，有些事不敢做，被埋藏於內心深處鬱悶，在夢中可以自由放任，無拘無束，大膽去說去做……。」

七、殺人償命非報復　冤冤相報善不了

【摘要】

晁蓋率領軍馬攻打曾頭市，夜襲曾家五虎誤中陷阱，慘遭史文恭的亂箭射到臉部，不久死了。後來盧俊義率領梁山泊兵馬活捉了史文恭，返回梁山泊忠義堂上，大家紛紛參見晁蓋的靈位。宋江同時傳令，除了命人寫作祭文，又命令大小頭領，人人掛孝，個個舉哀，並將史文恭推到靈前，當眾剖腹剜心來享祭晁蓋，報仇雪恨。（第六十八回）

【佛法解說】

這種報仇雪恨或報復方式與佛道南轅北轍，佛教徹底反對以暴制暴，殺人償

命的方法，因為佛教認為仇恨不能止息仇恨，只會增加仇恨，冤冤相報，沒完沒了。

《法句經》有首詩偈說：**「世間的怨恨無法止息怨恨，惟有慈悲可以止息怨恨，這是永恆不變的古法。」**（五）

佛陀經常教誨弟子不可以報復，即使受到激怒也要隨時修習忍辱。佛陀讚歎那些儘管有能力報復，但忍辱又原諒對方的人。如《阿含經》以下記載：

從前有位信徒的太太不能生育。她害怕因此受到丈夫和婆婆的歧視，就親自為丈夫安排，選擇再納了一妾。但前後兩次，當她知道妾懷孕時，卻在飯中慘藥而使妾兩次都流產。第三次有喜時，這妾就刻意隱瞞她，但她後來還是知道了，並且如法炮製，妾因此再次流產，並且因而喪生。彌留之際，妾發誓要報復她和她未來的兒女。兩人之間累世的仇恨從此展開。

後來，這對妻妾曾經投胎轉世成母雞與貓、牝鹿與母豹。今生，一個投胎轉世成舍衛城一位貴族的女兒，另一位則變成食人妖怪。

有一天，食人妖怪拼命追趕貴族女兒和他的嬰孩，當貴族女兒知道佛陀正在祇樹給孤獨園說法時，他就逃到佛陀的身邊，並且把嬰孩放在佛陀的腳下，接受佛陀的保護。食人妖怪卻被擋在外面，無法進入。後來食人妖怪也被傳喚進去，佛陀向她們兩人勸誡，說她們兩人的前世是彼此仇恨的妻妾，因為互相懷恨，以致於往後的幾世裡，不斷地迫害對方的子女，佛陀告誡她們，恨只會增加更多的恨，唯有友誼，相互體諒及善意才可能化解仇恨。聽完佛陀的說法後，她們明白自己的錯誤，就在佛陀的勸誡下，盡釋前嫌。

佛陀接著要貴族女兒把小男嬰交給食人妖怪，但她擔心男嬰的安全，而遲疑了一會兒，但出於對佛陀的虔誠和信心，她聽話地把男嬰交給食人妖怪。食人妖怪接過男嬰後，熱切的愛撫和親吻嬰孩，就向對待自己的孩子一般。一會兒，又把男嬰還給貴族的女兒。

從此以後，雙方盡釋前嫌，同時善待對方。

西藏高僧蜜勒日巴尊者，從小家境富裕，有一妹妹，全家生活快樂。不料，世事無常，在尊者七歲那年，父親罹患重病，病危時委託尊者的伯父和姑母要照顧孤兒寡母，並將自己遺產暫時交由他們掌管……誰知尊者父親死後，伯父和姑母強行霸占了遺產，並百般虐待尊者母子三人，讓他們衣服襤褸、食不足飽，對待他們如同僕傭，指婢喚奴般……期間，幸賴尊者的未婚妻及其家人，三不五時來安慰和鼓勵。某年，尊者向伯父、姑母索回家產，但對方不但拒還，還在大庭廣眾前毒打尊者母子三人，傷心的母親忍無可忍，就要尊者出外修習誅法、咒術來報復他們。

不久，尊者輾轉來向古容巴功德海喇嘛修習法術，經過十四天修完咒法，於是他果然如願整死了伯父以外的家人，以及當年欺凌自己母子的三十五人，但不包括他的姑母。尊者的母親餘恨未息，又命尊者作法念咒，使白天落下冰雹，山洪爆發，而弄死了不少人……

尊者造下殺生惡業後，忽然心生懺悔，觀念有了大轉變，覺得這樣做不對，於是想要修習正法，出離生死輪迴，因而開始參訪名師修道。期間，他倍嚐艱辛，因緣也很殊勝，加上他努力精進，在馬爾巴上師指點下，接受常人無法忍受的苦行。後來終於學有所成，定力深厚……。

某年，他返鄉無意間遇到姑母，起先姑母不原諒他，不久她突然心生慚愧與懺悔……接著遇到伯父，但對方始終不肯原諒尊者，若干年後，伯父死了，姑母因有真誠的懺悔心與向道心，特地走來供養尊者，並向他求法開示，尊者果然完全拋棄昔日的怨恨；便教導姑母依法修行，果然後來她也精進修持，證悟佛道了。

林林總總說，尊者最初遇到惡因惡緣，而抱持「有仇不報非君子」的偏見邪思，等到他報了仇、雪了恨，於是諒解了昔日仇敵，反而慈悲給她——姑母開示法要，當然雙方都能徹底契悟「冤家宜解不宜結」真理，破了我執，自然也沒有了怨仇憤怒，大德風範，應可作如是觀。

又藏傳《百業經》也有一則故事值得咀嚼玩味。

有一對老年得子的老夫婦，從小便對獨生女十分疼愛，這小女孩長得伶俐乖巧，一家人也生活得幸福安寧。

在女兒十七歲那年，有一回不小心受了點風寒，因為他們的女兒從小若是傷風感冒從來都是不治而癒，用不著老夫妻倆操心，因此這回他們也沒有特別在意。

可是，這次女兒不但沒有恢復，病情反而越來越嚴重。老夫妻只好請來當地的醫生為女兒看病，藥是吃了不少，女兒的病卻一天比一天嚴重，最後竟病得骨瘦如柴，連睜眼的力氣都沒有。

老夫妻倆心急如焚，說到女兒的病，老倆口只有相對嘆息流淚，束手無策。秋天到了，他們害怕女兒的性命也像那紛紛枯黃的葉子一樣凋零。

正當這家人陷入悲涼的氣氛中，遠方來了一位咒文師，自稱能用咒語消災解難。

「大夫怎麼看都沒有用，不如請咒文師來碰碰運氣吧！」兩夫妻請來這位法師，懇求救女兒一命。

款待過咒文師之後，咒文師要求引他到少女的床前。咒文師在床邊閉目靜默了一會兒，老夫妻倆正要替咒文師掀起女兒的幔帳時，咒文師舉手制止：「不用了，你們的女兒被鬼纏住，現在快要不行了！」

「天啊！請您一定要救救她啊！」聽了這話，夫妻倆頓時感到五雷轟頂，老夫妻流著淚再次懇求咒文師設法救他們可憐的女兒。

咒文師說：「我跟鬼交涉看看。」他再次閉目誦念咒語片刻，不久他就見到了糾纏著少女的鬼。

「這女子和你無冤無仇，你為什麼要和她過不去呢？」咒文師問道。

「無冤無仇？」鬼憤憤不平地答道：「哼！這個女子在前五百世中常謀害我

的性命，我也在過去五百世中常謀害她的命。我們倆冤冤相報，到今天還沒有了結，這次又換我來索命了！」

咒文師搖搖頭、嘆了口氣說：「冤冤相報何時了？不停地報復，向彼此索命，難道你不覺得累嗎？」

鬼說：「我也很想了結這段惡緣，但光靠我一個是不夠的。如果她能保證從今以後不再怨恨我、謀害我，今天我就饒她一命，請您把我的話轉達給她。」

咒文師把鬼的這番話告訴了奄奄一息的少女。她喘息了一會兒，虛弱地對咒文師說：「我答應它，從此不再記恨了。」

「她不會再報復你了！你今天就饒了她一命吧！」咒文師對鬼說。

鬼聽了並不十分相信，它仔細地感應女子的心思，發現她對鬼近日來的折磨仍有怨恨之心。

「算了！她答應不再記恨，只是因為怕喪命而說的謊話。我已經給過她機會了，看來無藥可救、不肯了結的是她不是我。」於是，鬼毫不猶豫地斷送了女子的命，就此消失。

嘉義新雨佛學道場明法比丘有下段法語：

報復（報復讎怨），大則發動戰爭、殺人，小則以瞋心對付眾生、不利於眾生。報怨得到世人的相當同情，但一樣必受自造瞋業（因）的報應。大報復產生現生、來世大惡果報（短命、多病、失財、墮惡道等），小報復則產生現生、來世小惡果報（恐懼、不安）。

報復是以怨報怨，冤冤相報，無法停止怨恨，唯有以忍止怨，才能止住怨恨。不報復，如何對付殺人者、恐怖份子，或對付霸權國家、流氓國家的攻擊？那就唯有增加慈、忍的教育和宣導，對受害者則強化慈、忍的力量，再大的怨，皆可不報，此可忍，啥不可忍？以此忍力及慈悲力對加害者軟化、感化。

過去人類的歷史、故事，往往有以打擊壞人、魔鬼來當做大人、小孩的教育題材，事實上，這是人類的瞋心（以牙還牙）與癡心（過當的自我保護及保護族群）的綜合表現。啟發眾生覺性的佛經及其中的故事，就一反一般人的作法，教導安於忍辱、慈愛、不報復，有人會認為這是不可思議及質疑這是否好方法，但對因果的道理覺知愈深的人來說，他愈會相信慈、忍。雖然在佛教中也會出現爭鬥、報復事件，但那畢竟不是傳承正法者所應為的。

報復會增加自他的痛苦、恐懼、不安；慈悲則能增眾生樂、拔眾生苦。兩相權衡，則可明理。眾生因造惡業而受的苦已經太多了，別再造新的惡業，增加新的苦。

由此可知佛教以最高的德行感化對方，即以德報怨，何況戰場廝殺，誓不兩立的情況，實在談不上報仇或雪恨的冤冤相報，而是累世以來的悲慘共業。

慈濟證嚴法師有一段吐露，令人無限動容，值得反覆肯定。

幾年前的某一天，母親打電話到花蓮，告訴我一件令她非常傷心的事——我的小弟在軍中被人失手打死了。母親問我該怎麼辦？

當時，我很冷靜地安慰母親：「您的孩子已經走了，再做任何舉動也無法起死回生。佛說因緣，若非過去世中有某種冤業，今生就不會遇上這種境況。您應該轉換心態，為那個失手殺人者的母親想一想，她的心情一定比您痛苦！因為她除了萬分愧疚，更是惶然不安，害怕她的孩子會遭到嚴厲的處置。而他的命運正操在您的手中，只要您一念慈悲，設法替那個孩子脫罪，就可以放他一條生路。您的兒子已經過世，您要以佛的心，普愛天下眾生，別人的孩子也是您的孩子啊！您一定要去護著那個失手錯殺您兒子的人。」

母親接受了我的建議——化悲痛為愛，以德報怨。在軍事法庭上，她告訴法官：「我兒子精神不好，可能因此才被誤殺，我並不恨對方。」

並為對方保釋出獄，這種化仇為愛的菩薩心，使對方父母萬分感激，更給一個年輕人自新機會。

八、肺腑謙讓真君子　虛情假意非修行

【摘要】

梁山泊前領袖晁蓋臨死前吩咐：「誰若抓住射死我的仇人史文恭者，誰便為梁山泊之王。」結果盧俊義生擒史文恭，替晁蓋報仇雪恨，於是宋江便執意要讓領袖之位給盧俊義，而且非常自謙，宋江說：「不是我宋某多謙，我有三件不如盧俊義：第一件，宋江身材黑矮、貌醜才疏；而盧俊義堂堂一表，凜凜一軀，有貴人之相。第二件，宋江出身小吏，犯罪在逃，感蒙眾兄弟不棄，暫居尊位；盧俊義生於富貴之家，長有豪傑之譽，雖然有些凶險，累蒙天佑，以免此禍。第

三件，宋江文不能安邦，武不能附眾，手無縛雞之力，身無寸箭之功；盧俊義力敵萬人，通今博古。有如此才德，正當為山寨之主……宋江主張已定，休得推託了。」（第六十八回）

【佛法解說】

這是謙卑禮讓的德行，亦是佛道行者應有的風範。反之，便是貢高我慢，它跟三毒並列為有情眾生的六大根本煩惱之一——瞋、癡、慢、疑和邪見。

《六祖壇經》說：「所謂自歸依，就是自己除去自性中的妄念遷流之心、嫉惡妒忌之心、諂媚枉曲之心、吾我分別之心、誆騙詐妄之心、輕人不敬之心、自恃慢他之心、邪惡邊見之心、高傲自誇之心，以及任何時間內所有不善行為；常要反省自己的罪過，不說別人的好壞是非……必須常懷謙卑之心，普遍對人恭敬，就是見自性通達一切，心中便沒有滯執罣礙，這叫作自歸依。」

五祖門下的神秀大師學問淵博，修行很好，堪稱漸宗之祖，但他非常謙卑，可是他的門徒常常譏笑南宗（頓悟）六祖一個字也不識，還有什麼可取的長處呢？神秀聽了，頗不以為然說：「他已得無師自悟的佛智了，深深地證悟到最上乘的境地，我不如他，而且我師父五祖親自傳授衣法給他，豈是空說？我恨自己不能遠道前去親近他，反而在此枉受國家對我的恩寵，你們不要留在這兒，不妨到曹溪參訪受教。」

有一天，神秀命令他的門徒志誠說：「你天資聰明又有才智，可為我到曹溪去聽法；若有聞所未聞，就要竭力好好記得，回來再講給我聽啊！」

哇！一代大師，何等謙卑，何等睿智。

覺賢大師是釋迦族的後裔，三歲喪父，五歲喪母，寄養於舅父家庭，從幼年出家做一個沙彌。

他十七歲開始以背誦經典為主要功課，其他同學要費時一個月才能背完的偈文，他只需花一天便能背完，故被老師稱讚說：「覺賢一天能抵別人三十天。」

受具足戒後，修業更加精勤，博覽群經，尤其精通戒律和禪定。後來因緣際會來到中國，聽說大譯經家鳩摩羅什住在長安，他很快去拜見，兩位大師一見如故，喜不自勝。覺賢問鳩摩羅什說：「你對經典的研究，並無特別吸引人之處，但為何你有這樣崇高的聲譽呢？」

鳩摩羅什答說：「這是因為我年老的緣故，所以才受人尊敬，而我的才德也不一定能和名聲相稱呀！」

事實上，鳩摩羅什每次有了疑義，也必會和覺賢討論解決。但他們兩人的學風不同，師承淵源亦異；因此雙方在思想觀點上也不一致，故時常發生爭論……在為人處世的態度方面，兩人都有謙卑風範，實在難能可貴。

虛雲老和尚多年來禪淨雙修，成就有口皆碑，堪稱近代一位法門龍象也不在話下，但在他開示錄中不難讀到其謙卑心躍然紙上，令人敬佩，他說：

「我修行雖說修了幾十年，還是一肚子煩惱，食不下、睡不著，不知見什麼鬼，誤了自己還是誤誰……說易行難，莫造來生業，回頭種福田，前生沒有腳踏實地做功夫，沒種好善因，所以今生冤家遇對頭都來相聚了。年輕人要留心，不要學我放不下，我癡長幾歲，有點虛名，無補真參實學，各位要種好因，須努力自種福田。」

「我與古人一比，自知慚愧……別人把我當古董看待，以為我有道德，我不敢多說話，別人認為我裝憨，此事如人飲水，冷暖自知，並非我客氣，古人說：『畫虎畫皮難畫骨，知人知面不知心。』我內心的慚愧誰能知道呢？我騙佛飯吃，比你們多幾年，你們不信苦惱業障，我的苦惱又說不出，現在只吃空飯，講話也講不好，講的又不是自己的，只是前人的典章，或諸方的口水，都是眼見耳聞的，自己肚裡一點也沒有。古聖先賢，千佛萬佛，傳一心印……古人說得到行得到，別人知我的苦惱，還以為我了不得……。」

「我慚愧，身雖出家，幾十年騙佛飯吃，表面出了家，內心未入道，未證實相理體，未能四大皆空，未能如如不動，這就是心未出家，我就是這樣苦惱……。」

「我懺悔，不過比你們癡長幾歲，弄到一個虛名，你們以為我有什麼長處，以我為宗就苦了，我比楞嚴所說的妖魔外道都不如，比祖師更不如……。」

最重要的是，謙卑禮讓須出自誠心，下則禪話值得參究分享：

一位遠途而來，饑餓不堪的官吏，與一位幾日未餐的得道高僧一同用飯，桌子上擺著一大一小兩碗麵。官吏將大碗的推到高僧面前，以示敬重。而這位高僧毫不客氣地將這碗麵很快吃下。官吏又將小碗推過去說：「師父，您如果沒有飽，就將這碗也吃了吧。」高僧又毫不猶豫地將這碗麵吃下。

此時餓極的官吏很是惱火，呵斥道：「您既是得道高僧，看來實為徒有虛名，連起碼的謙讓禮貌都不懂得。您餓，我亦是更餓。您非但不替人解難，反而加難於人，談何得道？出家人慈悲為懷，您又何以普度眾生？」

高僧緩緩地笑道：「先前你推讓大碗的給我，我原本就願吃大碗的。我若再推向於你，這非我的本願，我何必要去那樣做呢？後你又將小碗的讓給我吃，我的本願也是想再吃下這小碗的，所以我也沒有推辭。你兩次對我的謙讓，是出於你的真心嗎？」官吏頓時大悟，謝過高僧的教誨。

目的是吃飯，誰吃都是吃，何必再你推我讓。明明心裡非常地想，卻不敢去做，壓制難耐。表面上是禮貌的，人家說你好，可是內心卻在背叛自己。殊不知禮儀是一種形式，而拘泥於形式不過是虛假的表現。

九、道情友情有差別　益友損友不一樣

【摘要】

梁山泊一百零八位好漢，包括天罡星三十六位、地煞星七十二位，地域來自五湖四海，並非某縣某府；人員素質參差不齊，九流三教混雜一處，但絕大部分

都是被官府追捕的罪犯，及亡命之徒，有些因有一技之長被推薦進來，有些被算計騙到梁山泊……總之，他們一旦加入這個犯罪集團，無疑搭乘同一條船上，憂患與共、疾病相扶持，凝成了堅強的命運及生活共同體，他們靠打家劫舍為生，而不事種植生產，朝著替天行道，等待朝廷招安的目標，彼此間稱兄道弟，情感特別濃厚；一個命令，一個行動，心甘情願，真是一個怪異的共犯結構……。

（第七十一回）

【佛法解說】

不明佛理的人，誤會梁山泊好漢們之間以兄弟相稱，共患難、同享樂，沒有私人財產，共同邁向替天行道的大方向，所以友誼情感特別堅定與濃厚，好像跟佛教教團的兄恭弟友的情形很類似，其實完全不對，別的差別姑且不說，光談佛道師恭弟友的內涵。

佛家說，友情，即無緣的慈悲，無緣者，無條件也。換句話說，無條件的友情，為佛道對「愛」的最高發揮。

佛教的出世間，即是超越血緣、地緣，出離家園與國家，超越骨肉血親之愛，超越國家地域之愛，對所有人皆平等奉獻無條件的友情，這是所有佛教徒必備與認知的條件，而這也跟世俗的詮釋不同。

人生在世，無法離群索居或孤芳自賞一輩子，總要結交好友，互助合作。古人說：「在家靠父母，出外靠朋友。」但也不能濫交，總得有善惡之分、好壞之別。如《法句經》說：「**不要結交壞朋友，不要與卑鄙之徒來往；應該結交善知識，且與品格高尚的人為友。**」（七十八）

星雲大師說：「有友如華，有友如秤，有友如山，有友如地。」

「朋友要有謙讓的共識；交朋友，不要一直凸顯自己的強勢，自己是老大，別人都要做老二；好朋友，彼此要包容、要互助、要尊重、謙讓，真正要好的朋友，不會希望自己贏過對方，反而願意自己吃一點小虧，讓朋友多得一點好處，如此才能增進友誼，如果慳貪吝嗇，難以交到好朋友；肯謙讓吃虧，才能交到知心朋友。」

請讀《佛光菜根譚》一篇佳作「朋友」，必能得到很大的契悟。

職位愈高，愈需要直言不諱的屬下；

處境愈險，愈需要肝膽相照的朋友。

——《佛光菜根譚》

【提要】

古人說：「獨學而無友，則孤陋而寡聞。」世間上，君子以道為友，小人以利為友；不管什麼時候，人總離不開朋友。儒家把「朋友」定為五倫之一，可見朋友的關係是有道德倫理可以規範的。

朋友對人的一生非常重要，所謂「在家靠父母，出外靠朋友」；人生的前途事業，與交友得當與否，有密切的關係。

【正文】

人生得一知音，死而無憾！可見朋友的重要。

但是，朋友也有好多種類，有忠友、難友、信友、諍友，還有摯友、善友、密友、畏友。另外，互相以學問切磋的，稱為學友；在道上相互提攜勉勵的，稱為道友；經常受其指教助益的，稱為益友。也有的是共同參加集會的，可以稱為會友；共同結派成黨的，叫做黨友。

朋友要肯指正錯誤、患難與共，才是真正的朋友。但是，世間上也有的人交友反受其累，比方說損友、惡友、利友，這些酒肉之交、狐群狗黨，有時趨炎附勢，有時攀龍附鳳，見利忘義，就如《孛經》說的「有友如華」，當你得意的時候，他把你戴在頭上；當你失敗的時候，他就棄你如敝屣。

朋友的種類，形形色色，不勝枚舉。也有的朋友如蠅逐臭、如蟻附羶，所謂利害相交，吃喝玩樂，這就不能成為益友、好友了。也有的朋友，一生蒙受其益，靠友成功。這種朋友如兄如弟，彼此肝膽相照、推心置腹，遇事開誠布公，坦誠以對，這種朋友相交一生，彼此互助。

古人交友，所謂「君子之交淡如水，小人之交甜如蜜」；其實淡如水不見得是好，甜如蜜也不一定不好。朋友之交，重要的是相互瞭解、相互幫助、相互切磋、相互原諒。所謂「友直、友諒、友多聞」；如果交到一個朋友，錙銖必較、重利輕義，則友誼必定不能長久。

有人說，朋友是「物以類聚」，但世間上也有例外，如貓和狗為友、鼠和貓為友、獅和虎為友、烏和鵲為友，可見不同的種類也能成為朋友。

朋友，最好不要共金錢往來，彼此只在道義上結交、在知識上結交。朋友必須要有共識，才能深交；然而對於思想不同的人，只要其德可取，也應該異中求同。尤其，與朋友交，一開始就要想到自我吃虧，不要凡事只想占對方的便宜，如此相交，友誼才能永固。

【延伸閱讀】

（一）財富並非永久的朋友，朋友卻是永久的財富。

（二）自己有過，不當諱；朋友有過，決當為之諱。自己有成，不當揚；朋友有成，決當為之揚。

（三）一等朋友：規過勸善，教以正道。二等朋友：患難與共，切磋互勉。三等朋友：趨火附勢，以勢利交。劣等朋友：吃喝玩樂，狼狽為奸。

再從三世因果的高度看，梁山泊那群好漢們無始劫中必曾碰過面、結過緣，無因不現果，今生始得梁山泊續緣重逢，且惡性難改，再幹殺人放火的勾當，死後果報必然很悲慘恐怖，除非餘生幸逢善知識規勸教導，由迷轉悟，思想作為徹底改弦更張，群策群力去做善事，始得機緣將功抵罪，日後才能出生到稍好的境遇。

請恭讀下則《法句譬喻經》記載，便知三世因果的真貌，絕非杜撰或無中生有的故事。

從前佛陀在王舍城，曾派一位羅漢比丘帶著佛的髮爪，到罽賓國南山中，建造塔寺。那時有五百位羅漢比丘住在這裡，他們早晚燒香，繞塔禮拜。

當時，山中有五百個獼猴，見到這些比丘在供養塔寺，便到深澗邊拿些泥石，也仿效比丘們建造佛塔，並且和比丘們一樣，早晚向佛塔禮拜。

後來山水瀑漲，五百個獼猴全被淹死，他們的魂神就生到忉利天上，住在七寶宮殿，衣食自然現前。牠們想：我們怎麼會生到大宮中？於是便以天眼看到自己本來是獼猴之身，因為仿效道人，戲作塔寺，死後才生到天上。因此為了報答前生猴屍的大恩，便帶著侍者和香花、女樂，來到山澗邊前生屍體的上方，散放香華和燒香，圍繞屍體七遍。

此時山中有五百位婆羅門，看到天人在為一些猴屍散花作樂，就奇怪的問說原因，天人告訴他們說：「這些猴屍是我們的前生，因為那時仿效道人，戲作塔寺，而以此微福得生天上。如今敬供香華，就是為了報答前生的恩澤。我們前生戲作塔寺，就能得此福報，現在若能至心供養佛陀，那福德就難以形容了。你們不如和我們一起到靈鷲山，去供養佛陀，那會得福無限的。」

於是這五百個婆羅門就很高興的與天人一同到佛陀的精舍，禮拜佛陀和散花供養。這些天人告訴佛說：「我們的前身都是獼猴，承蒙您的恩澤，才生到天上，為了早日見佛，所以現在來到這裡。我們前生是因為什麼罪行，而成獼猴的？為何我們作了塔寺，還要遭到山洪淹死的惡報？」

佛陀告訴天人說：「這是有一段因緣的，我現在為你們說明它的由來。在從前，有五百位少年婆羅門，共行入山，欲求仙道。當時山上有一位沙門，想在山上建造一座精舍。他便下山取水，身輕如飛，五百個小婆羅門看到這位沙門身手矯健，心生嫉妒，就一同笑他說：『這位沙門上下翻騰，就像獼猴一樣，這樣不停的取水，等到山洪一來，不久就會被淹死……』」

佛陀告訴天人說：「當時那位沙門就是我的前身，五百個少年婆羅門就是那五百個獼猴的前身，他們因為戲笑造罪，才受猴身之報！」

於是佛陀即說偈言：「戲笑為惡，已作身行，哭泣受報，隨行罪至。」

這些天人聽了佛陀的話，隨即悟道。跟他們一起來的五百個婆羅門，聽到佛陀解說罪福的果報，也各自感歎的說：「我們學仙那麼多年，也沒有受到什麼善報，還不如獼猴，在無意中作戲得福，反而生到天上，佛法真是深妙！」

於是他們便一起拜佛陀，願為弟子。佛陀說：「歡迎你們，比丘！」他們便成為正式的沙門，由於他們精進修行，不久便證得阿羅漢果位。

十、超度亡者是好事　無論親疏同受益

【摘要】

某日，宋江面向一百零八名兄弟表示，從前兵刃到處，殺害生靈，今心中想建一羅天大醮，報答天地神明眷佑之恩……就行超度橫亡、惡死、火燒、水溺，一些無辜被害之人，俱得善道。大家聽了，都表示贊同……擬行七晝夜好事。於是派人下山，四處邀來得道高士，帶著醮器前來。日期已近，忠義堂前掛起長旛四首，堂上紮縛三層高臺……。（第七十回）

【佛法解說】

通常只是在親友或眷屬亡故之後，才想為他們做些補償，救濟性的佛事，稱為超度、薦亡，而且是邀請專業的僧侶，尼師來為亡者誦經禮懺。

超度必須要虔誠、恭敬、肅穆和莊嚴，最好有亡者家屬或親友親自持誦、禮拜佛經、懺儀、聖號。必要時要禮請僧眾做為導師，指導、帶領佛事；壇場不可吵雜、零亂和喧嘩，這會依亡者親友的虔誠恭敬來感應諸佛菩薩，以佛法的神力與道理，給予亡者救助及開導，因為做佛事就是召請亡者臨壇聽法，化解煩惱的業力，而得超生離苦。

下則《星雲說喻》——「八折誦經」，應該牢記、警惕，不可大意疏忽！

有一個年輕人，父親因病過世，為了對父親表示思念與祝福，便到寺院禮請法師至家中誦經。

佛事開始前，他向法師問道：「請問法師，為我父親誦一卷《阿彌陀經》需要多少錢？」法師聽後心裡嘀咕著：誦經超薦還談價錢？好吧！既然你都這樣問了，我就開個價。於是法師說：「一千塊！」

「太貴了吧！可以打一個折扣嗎？八折，八百塊可不可以？」

法師一聽，深不以為然，還要求打折扣？但仍回答：「好吧！打折就打折，八百吧！」兩人談妥以後，法師便開始誦經。

經文諷誦完畢，接著法師又為亡者祈願祝禱，只見他口中念念有詞：「東方的佛祖啊！請您引導亡靈到東方世界去吧！」跪在後方的年輕人一聽，卻是滿臉疑惑，拉拉法師的衣角，說：「欸，師父！人家都希望要到西方極樂世界，您怎麼要我父親到東方世界去呢？」

法師回答說：「到西方極樂世界要一千塊，你剛才要我打八折，『八折誦經』就只能到東方世界。」

年輕人心想，為了省二百塊錢，讓父親只能到東方世界，怎麼說得過去？「算了！我再加二百塊，請您重新祈求，讓我父親到西方極樂世界吧！」

於是，法師重新祈福：「西方的佛祖啊！現在這個年輕人改變心意，又加了二百塊錢，請您把亡靈帶到西方極樂世界去吧！」

這時，棺材裡的老父親忽然一跳而起，指著兒子大罵：「你這個不孝子，為了省二百塊錢，讓我一下子跑到東方，一下子又到西方，來回奔波很辛苦，你知道嗎？」

佛法、信仰不是商品，它是無價的，不能以金錢多寡來衡量。所謂「人有誠心，佛有感應」，功德的大小並不在於念經念得久、念得長，只要真心誠意、一念淨信，就有力量、就有功德。

所以，不管我們信仰的是哪個宗教，面對親友的離世，並不一定要著意於社會風俗的繁文縟節，反而簡單節約、正心誠意就是對他們盡最大的敬意。

再恭讀佛光山版「終極關懷」，其中有一段話非常重要，堪稱超度要項之一。

根據經典記載，人往生後四十九天之內，如果陽上眷屬能為亡者誦經做佛事，仗此功德，能令亡者罪障消除，得生善道；如果亡者生前已多植善業，則可蓮品增上。因此，佛教徒每於親人往生後四十九天內，每逢七期舉行超薦佛事，稱為「做七」。

「做七」，可依家屬的時間、因緣而定，有的只做頭七、滿七；有的做頭七、三七、五七、七七；有的則是七個七全做。

「做七」，家屬可至寺院道場做佛事，其餘六日，家屬可以自行為亡者誦經、念佛回向。誦經是代佛說法的神聖使命，主要對像是針對人，除了人之外，六道眾生之中，尚有天、神、鬼，以及傍生（又稱畜生），牠們都能信受佛法。所以，只要有人誦經，就有其他眾生會來聽經。

若家屬為亡者做誦經佛事，您的誠意初動，亡靈即有感應，必會如期前往聽經；此時亡者的靈性特別高，縱然生前從未聽經聞法，死後聽見家屬為其誦經，也能依其善根通解信受。

至於要誦哪一部經，服喪期間，多半誦《阿彌陀經》為多，主要是《阿彌陀經》讚頌的是阿彌陀佛的西方極樂淨土，那是一個安樂清淨的修行世界。

也有人在這段期間，每天誦持《地藏菩薩本願經》回向往生的親人，主要是為亡者懺悔罪業，超拔濟苦。

前法鼓山住持聖嚴法師說：「亡者在尚未轉生之前，為他超度，便能化轉惡業的力量為善業的基礎，心開意解，積習漸消，便可超生天界，乃至往生淨土。如果已墮三塗，依親友眷屬做佛事的功德力量，也能減少亡者的痛苦，改善三塗的環境。如果已生天界，也能增進亡者在天上所享的福樂。如果已生淨土，也能使他蓮品高昇。即使在四十九天之後，當然還可以做佛事，同樣可使亡者得到超度與救濟力量。所不同的是，如果死者已經轉生或下墮，就無法挽回他投生的類別了。」

歡迎至本公司購買書籍

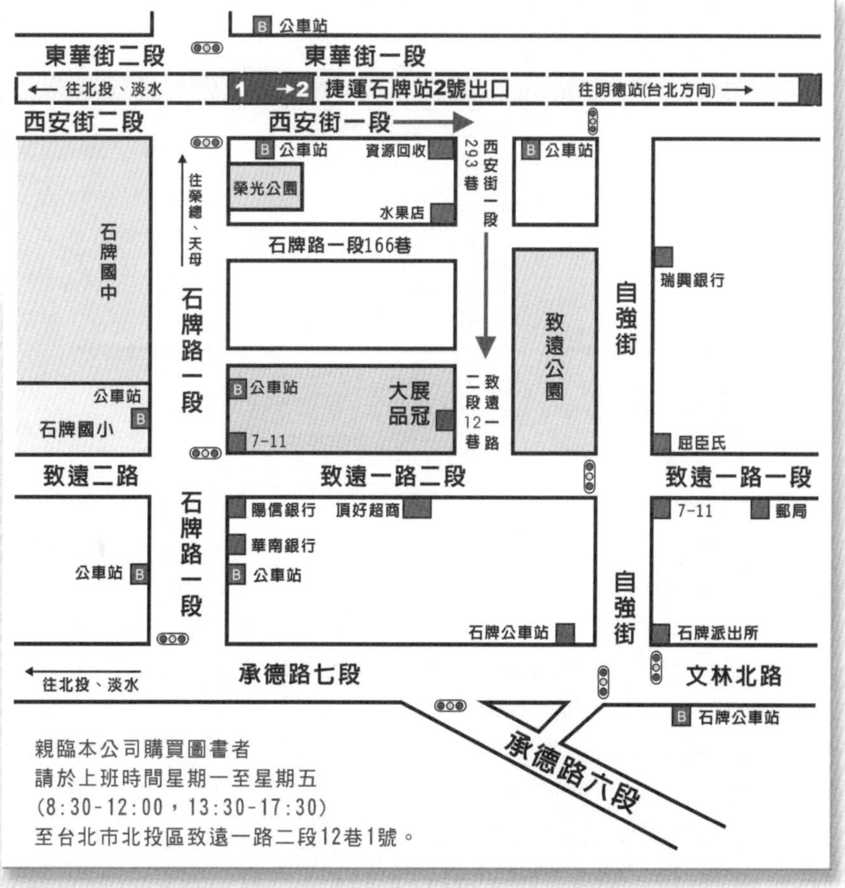

建議路線

1.搭乘捷運

淡水信義線石牌站下車，由月台上二號出口出站，二號出口出站後靠右邊，沿著捷運高架往台北方向走(往明德站方向)，其街名為西安街，約80公尺後至西安街一段293巷進入(巷口有一公車站牌，站名為自強街口，勿超過紅綠燈)，再步行約200公尺可達本公司，本公司面對致遠公園。

2.自行開車或騎車

由承德路接石牌路，看到陽信銀行右轉，此條即為致遠一路二段，在遇到自強街(紅綠燈)前的巷子左轉，即可看到本公司招牌。

國家圖書館出版品預行編目資料

《水滸傳》與佛道／劉欣如 著
——初版——臺北市，大展，2018[民107.05]
面；21公分——（心靈雅集；83）
ISBN 978-986-346-207-1（平裝）
1.水滸傳 2.研究考訂
857.46　　107003513

《水滸傳》與佛道

編　　著／劉 欣 如
責任編輯／孟　　甫
發 行 人／蔡 森 明
出 版 者／大展出版社有限公司
社　　址／台北市北投區（石牌）致遠一路2段12巷1號
電　　話／(02) 28236031・28236033・28233123
傳　　真／(02) 28272069
郵政劃撥／01669551
網　　址／www.dah-jaan.com.tw
E-mail／service@dah-jaan.com.tw
登 記 證／局版臺業字第2171號
承 印 者／傳興印刷有限公司
裝　　訂／眾友企業公司
排 版 者／千兵企業有限公司
初版1刷／2018年（民107）5月

定　價／230元

大展好書　好書大展
品嘗好書　冠群可期

大展好書　好書大展
品嘗好書　冠群可期